作家の黒歴史

デビュー前の日記たち

宮内悠介

講談社

目　次

作家の黒歴史

デビュー前の日記たち

装幀＝川名 潤

1. 活動家だったころ

二〇一二年ごろ、最初の本を出したときだと思う。それまで書きためていたブログの記事や日記をどうしようかと考えた。それらがどういうものだったかというと、他者に読まれることをあまり想定せず、一人虚空に向けて吼(ほ)えているような、そういう雑文だった。だから読者数も一桁くらいで、あってもなくても変わらない代物だとは言えた。

だけど直感的には、将来問題になりそうだから消したほうがいいと思った。

というのも、ぼくが書いてきたそれらの文章は癖があるというか、思想が強いというか、なんていうか、ちょっといろいろとソウルフルすぎた。そういう内面を隠して、フラットな、情緒の安定した常識人を演じつづけなければ社会的な死を迎えると感じているのは、何もぼく一人ではないだろう。

というわけで、ぼくはブログとかｍｉｘｉとかそういうやつの文章を、まとめて非公開にしたり消したりした。一日かかった。が、その作業のあいだ、ぼくは自分のなかの子供の部分を殺しているような、そういう感覚に陥りはじめた。それで、結局はバックアップを残した。

以来、そのことをすっかり忘れていた。もとより、海に流した瓶詰めの手紙みたいな代物。たいしたことは書いてなさそうだし、当時の一桁くらいの読者も忘れているはず。そもそも、十年以上前の自分というものは、なんだか、もはや別人のように思える。小説の作風も、当時とはだいぶ変わってしまっている。

ＳＮＳのありようも変わった。昔は当たり前のように長文を書いていたのが、いまは短文がメインだ。人格がＳＮＳに反映するのではなく、ＳＮＳのシステムによって人格が規定される、そういうところもありそうに思う。その意味でも、あれらの文章を書いていたぼくはとうに別人だ。価値観も変わってきていることだろう。

それはともかく、このあいだデータを整理していた際、まとめて取っておいたバックアップが出てきた。読んでみると、説明が難しいのだけれど、存外に面白い。意味不明なところも多々あれど、他人事のように頷いてしまう部分もある。ミニブログ全盛となったいま、不思議と、逆に理解可能となったような箇所もある。当時想定していた、実際のところ存在していなかった仮想敵が、十五年くらいの時を経て、ＳＮＳに跳梁跋扈（ちょうりょうばっこ）しているように見えることさえあった。

とはいえ単体として見てみると、いまの目にはやはり拙い。と同時に、失ってしまった何物かがそこにあるのも確かなのだった。現在の自分とのギャップ、それ自体が興味深くもある。そこで、当時の日記をご紹介しながら、それに対し、現在の視点から批評を加えるような形にすれば面白いのではないかと思い至った。

というわけで、さっそく一つご紹介。

意味不明な箇所は、適当に読み飛ばしてしまってください。追って、解読を試みます。

＊

アンチ・アンチ・アンチテーゼ（二〇〇九年五月二十六日、ブログ、宮内三十歳）

「反ネトウョ的なる言説」について、しばらく前に考えていたことがあります。

そんな話はいいよ、という方は、どうぞ戻ってください。

でも、できれば聞いていただきたいんです。

さて――たとえば「イラクの子供のために米軍を送れ」なんてのは、明らかに口先だけのことであって、それ以上のものではない。「劣化ウラン弾の害は確認されていない」からといって、確認されていないものをバラまいていい道理などない。それこそ、非人道的でなくてなんだ。ピンポイントだろうとクリーンだろうと、なんであれ、それらいっさいは免罪符にすぎない。

でもそこには、一抹の純粋さがある。誤解を恐れずに言えば、善性がある。

それが、このクソ長いエントリの主旨なのだ。

彼らの「善」は、なるほど獣欲の上に立ったものかもしれない。むしろ罪の意識を覆い隠すために生まれてきたものだろう。そこには真実への冒瀆（ぼうとく）がある。そして彼ら自身がまた、薄々そのことに気がついてもいる。しかしこうしたツギハギの善意は、しかし紛れもない純真な心から生まれたものでもあるのだ！　だからこそ、人間というのは厄介なのではないか！

彼らは自分たちの「善」がディベート目的のものだと薄々は知っていて、にもかかわらず、本心からそれを拠り所にしてもいる。彼らは、おのれを正当化するために免罪符を買ったにもかかわらず、いつのまにか、その薄っぺらい、嘘で塗り固められた一抹のちっぽけな善性に、心の全体重をあずけはじめる。だからこそ、このことを指摘されるとキレるのだ！

人がキレるときというのは、善意を否定されたときでないか。自分なりに練った思想の細部を、大局的な観点から頭ごなしに拒否されてしまったときでないか。自分がまったく話を聞いてもらえない存在だということを、どこかで深く理解してしまった、まさにその瞬間でないか！

だから、ぼくはまず彼らなりの「善」を認め、肯定してみたいと思うのだ。

つまり、このような拠り所を奪われた人間が、はたしてまっすぐに自分の足で立てるのか。正道へと一歩踏み出せるのか。できない、とぼくは思うのだ。人から免罪符を奪うという行為は、その人が価値観を再構築できるかもしれない、その足がかりごと破壊してしまうからだ。

それはむしろ、思想の過激化・先鋭化さえ生むのである。

言い換えれば――人為的にカタストロフをもたらそうとしても、人の心は動かせない。

人の心はどうやったら動かせるのか。
ぼくはいま、真実探求は脇へと置いて、そういう話をしてみたいのだ。

そりゃ、可愛がられて温室で育った思想なんてロクなもんじゃない。むしろ、根底から否定されるというプロセスを何度もくぐりぬけ、そうやって考えは磨かれていくもんだろうよ。でもここだけの話、そんなの、できる人たちの間でだけやってりゃいいことじゃないか。幹が折れてしまった人のほとんどは、折れた幹のまま、それでも枝を伸ばしていかざるをえないのだ！

どんなに短絡的に見える人でも、その人なりの思考がある。たとえそれが、どんなにいびつなものであっても。それが、どんなに真実を冒瀆していてもだ。そうやって、曲がりなりにも生きている人たちの、それぞれにあるだろう考えを頭から否定して、はたしてマシな筋道へと導けるものなのか。我々が出口だと知っているそれは、彼らには袋小路でしかないのに！

できないものは、できない。

繰り返しになるけれども、そういう人たちをいたずらに追いつめたところで、それこそ、思想の過激化・先鋭化をもたらすだけではないか！

米軍を送りこめと叫ぶもう一方で、イラクの子供を案じるその心は、そりゃ確かに偽善だろう。でも、それがいったいなんだというのだ？　彼らは自分たちの「善」がディベート目的の嘘だと薄々は知っていて、にもかかわらず、本心からそれを拠り所にしてもいる。彼らはみずから免罪符を買っておいて、なのにいつのまにか、その薄っぺらい一抹のちっぽけな善性に、心の全体重をあずけはじめる。――しかし、あなたがたは、自分だけは違ったとでも言うのか！

すべては、そういうものから始まるんじゃないか！　人間は、そういう偽善を足がかりにして、少しずつ成熟していくもんじゃないか！　それごと破壊しようとしてどうするんだ！

まずは、耳を傾けてもらうことが大事ではないか。そのうえで立場を確認しあって、その場ではわかりあえなくとも、次には「これでいいんだっけ」と数秒だけでも考えてもらう。「俺は間違ってないが、逆の立場にもマトモなやつはいた。……一個だけ、助詞を変えておこうかな」
それでいいじゃないか！
それ以外、どういう方法があると言うんだよ！

だから……自分の考えというものが、いまだ定まらない一人として申し上げます。少しでも痛むところがあると、すぐさま世界より自尊心を優先する一人として申し上げます。いまだ軸がどこにもない一人として申し上げます。ともすれば、特定の思想に自我をあずけるだろう一人として申し上げます。屈折者として申し上げます。そうしたこの世のあらゆる心的下層のさらなる格下として、強く、申し上げます。つまりは一人のどこにでもいる男として申し上げます。

肯定からはじめませんか。

＊

熱い。活動家である。俺・ザ・三十歳。こういう内容のことを、ぼくは全世界の七、八人に向けて訴えていたわけだ。しかしこう、なんていうか、その活動の内容がいまひとつわからない。つまりこれは、どういう政治的立場から、どういう層に向けて、何を訴えようとしているのか。

というわけで、背景情報をいくつか補ってみる。

まず、この一連の文章は左翼的立場から書かれている。ただ、それは屈折している。類型的な左翼とは何かが決定的に違っているのは、雰囲気からも察せられるだろう。

イラク戦争――多国籍軍によるイラク軍事介入が勃発したのは二〇〇三年のこと。終結が二〇一一年なので、その末期近くに書かれた一文ということになる。「イラクの子供のために米軍を送」るべきだというのは、現実に何度も聞かされた台詞で、また、劣化ウラン弾については、実際より、もう少し危険なものだと認識していたことがうかがえる。現在、劣化ウラン弾の是非はあまり問われないけれど、当時は、いまで言う白リン弾のような物議をかもす兵器だったと記憶する。

そして、この記事にはさらなる背景がある。

当時ぼくは会社に勤めていて、ネット右翼寄りの同僚と机を並べ、ときおり議論をしたり情報交換したりしていた。毎日顔を合わせねばならないわけだから、あえて喧嘩するようなこともない。だから、それぞれ何を考えているのか、おおむね、有意義な意見交換ができたように思う。キリスト教徒とイスラム教徒が共存して暮らしていたという旧ユーゴスラヴィアのような、そういう雰囲気がぼくは好きだった。

ここまで踏まえれば、この文章が何を訴えているのかも見えてくるだろう。著者――これが自分と同一人物だとは微妙に思えないのだが――とにかく、これを書いた人は世相が分断とパワーゲームの時代に変貌したことを憂えている。そして左翼の立場から、ネット右翼的なる言説に苛立ち、辟易（へきえき）しながらも、それでいながら、まず彼らの立場を想像してみませんかと、想像上の別の左翼に訴えているわけだ。相手もまた、隣人であり人間ではないかと。

その過程で、著者はネット右翼を自分に憑依（ひょうい）させ、彼らの内心をこうであると決めつけ、共感し、情緒不安定になり、なんだかよくわからないけれど、机を叩きながら何事か訴えている人みたいになっている。その一方でレトリックを駆使して、うまいこと文章として成立させている側面もある。現在ならトーンポリシングだとも言われそうだ。そして、著者は著者の正義を疑っていない。なんだかいろいろとよじれているが、とにかくそういうことだろう。

こうして考えてみると、こういうことは本来文学が担うような、というより文学くらいでしか担えないような、そういうアプローチであった気がする。それを当時のぼくは、一桁台の読者を相手に、明らかに不向きなメディアで、けれどもそれをナチュラルにやっていたということになる。いったいどこにそのようなモチベーションがあったのか、いまとなっては知るよしもない。

ただ、この記事のコアの部分は、いまなお、ぼくが抱えているものでもある。分断とパワーゲームの世界――当たり前のように敵味方に分かれ、その敵味方がステレオタイプ化し、さらには敵味方ともにそのステレオタイプにみずからを当てはめていき、そして終わりのない罵(ののし)り合いをしている、そういう世界がぼくは好きではない。敵を論破したって仕方がない。された側は恨みこそすれ、はいそうですかと転向したりは決してしないだろう。だいたい現実世界においては、議論などできるほうが少数派かもしれず、言葉の通じない異星人のような隣人がたくさんいて、その対処はといえば、きわめてプリミティブな、それでいて、論破などより高難度な駆け引きであったりする。

閑話休題。

価値観の変化というものは、意見の異なる隣人との暮らしのなかで、徐々に起きるものであるとぼくは考えている。だから対決よりも対話を好む。つまり、ネット上の分断とパワーゲームではなく、それこそ、旧ユーゴスラヴィアのようなあの職場のような場所にこそ、ぼくは希望を感じているということなのだと思う。

2. ｍｉｘｉ最初の投稿

ｍｉｘｉの話をしなければならない。

これはぼくが二十代のころにはじまったサービスで、日本のＳＮＳの祖などとも呼ばれている。サービスの開始が二〇〇四年で、ぼくがアカウントを作ったのが二〇〇五年。なぜかわからないけれど、忙しいはずの会社生活の合間に、ぼくはかなり熱心に、というか自分でもちょっとどうかと思うくらいそれをやっていた。

とはいえ、やることと言えば日記を書くくらい。ほか、コミュニティという機能があって、同好の士で集ってディスカッションしたりもできた。いまで言うフレンドとか相互フォロワーとかにあたる言葉が、マイミク。このマイミクというのが、現実世界で口にするのが微妙に恥ずかしい単語であった。交流は友人同士のそれが主で、ほとんど万人の万人に対する闘争の場と化したいまのＸなどと比べると、ずいぶん牧歌的であった気がする。ただそれは、ぼくの観測範囲においての話であって、確たることは言えない。

主な読みものは、皆の書く長文の日記。

なぜ当時、皆がせっせと長文の日記を書いていたのか、さらに言うなら、素人の書いたそれらを皆がなぜ時間をかけて読むことができたのか、いまとなってはかなり大きな謎である。というかこの件は、わりと文学史的な問題にもなりうる気がするのだけれど、とりあえずは踏みこまないでおく。とにかく、当時の人類はもっと当たり前に長い文章を書き、そしてたぶんいま以上に、長い文章を読むのが苦ではなかったということだ。

数年前、必要があって漱石の『虞美人草』を読み返したところ、読解にかなり苦心し、「これがベストセラーになるってどういうこと？」「明治人は我々よりもリテラシーが高かったのか？」と疑問に感じたことが思い出される。しかし実際のところ、無数の異なる文脈を背後に持つ個別の短文が集積したXのタイムラインも、後世の人から見ればかなりストレスフルな、「令和人は我々よりもリテラシーが高かったのか？」と思われそうな代物であるのも確かだ。

話をmixiに戻すと、「足跡」を避けては通れないだろう。

これは、日記などを読まれた際に、誰がやってきたのかわかるという機能だ。逆に言うと、足跡を残さずして人の日記は読めないということになる。当時を知らない人は、この点に漠然とした息苦しさを感じるかもしれない。確かにそういう面はあった。「足跡をつけたにもかかわらず日記にコメントを残さないのはよくない」といった、わけのわからない田舎の掟みたいなやつも発生した。

ともあれ、この足跡機能こそがたぶんｍｉｘｉの肝で、なんとなれば当時は「いいね」といった機能もなく、そんななかユーザーの承認欲求を満たしたのが何かと言えば、誰が来てくれたかを可視化する足跡機能であっただろうからだ。

であれば当然、いかにしてマイミクを増やし、いかにして足跡を増やすかという話になりそうだが、ぼくはそういうことには頓着しなかった。日記は抽象的かつ難解で、多くの人が足跡を残さないようそれを避けた。当時のマイミクは三十人くらいで、そのうち十人くらいが読んでいたはず。前回の記事では、全世界のうち七、八人だけが読んでいたブログの記事を紹介したが、それと同じくらいの規模ということになる。

そりゃ自分とて読者が増えればそのほうが嬉しい。けれどいま振り返ると不思議なくらい、そのために必要な努力というものをいっさいやらなかった。むしろ読者を拒むようなことばかり書いていた。リーダビリティを上げたり、言葉を尽くしたりすることは、心を売り渡すことだと思っていた。といって、別に意地になっていたわけでもない。単にそれが、ぼくにとって自然体であったというだけだ。そうすると見ようによっては、いまよりも承認欲求がなく、かつ無根拠な自信に満ちあふれていたとも言える。

今回取り上げるのは、そんなＳＮＳに投じた最初の日記だ。

見出しに「最初なんで固めに」とあるので、どうせ何か堅苦しいアカウント開設の挨拶でも書かれているのだろうと気に留めず、その後も読み直すことはしなかった。しかし今回、自分の古い日記を見直すにあたって、いったいぼくはどういう挨拶をしたのかと読んでみることにした。だからおよそ二十年ぶりくらいの再読になる。

中身は、挨拶でもなんでもなかった。

言葉は抽象的だけれど、漠然と、頑(かたく)ななパーソナリティのようなものが浮かび上がってくる。言っていることの意味はほとんどわからない。本当にわからない。およそ愛嬌(あいきょう)は皆無で、それ以前に詩なのか散文なのかも不明だ。どうやらぼくは、以下のようなことを書いていたらしかった。

＊

最初なんで固めに（二〇〇五年一月八日、ｍｉｘｉ、宮内二十五歳）

嘘も方便と嘯(うそぶ)きながら、誠実であることを避けてきました。
誠意の名を借りて、自分の欲を通してきました。
意識合わせというものが苦手でした。

この世の話し合いという話し合いが嫌いでした。

それでいて、ユーモアによる問題回避を蔑視しています。
まっすぐ相手の目を見て話すほどには、価値や内実がありません。

けれども、言葉で言葉を殺せない人たちがいるのです。
仮に善なる魂がぶつかりあい、仮に正しい結論に至ったとしても、
その過程のあらゆる誤謬（ごびゅう）が、
偽りが、
せめぎあう雑言が、
泡のようなキーワードが、
その後の一生内にとどまって、反響し、責め苛（さいな）まれる人種がいるのです。

だから腹を割って話すというのは、言うほどに簡単ではありません。
いわば生き死にを賭けるということなのです。
いわば人生を預けることなのです。

このような鋳型を持って生まれてきて、
はたして話し合いというものが可能でしょうか？
共生し、協力し、問題解決に臨むなどということがありえますか？

このための嘘は一時の安寧であってはいけません。
このための嘘は他者を力づけ、縛ることなく導かねばなりません。
このための嘘は相手に通じなければなりません。
このための嘘は偽りない、心からの真意を伝えねばなりません。
このための嘘は一節の詩の核のごとく、日常的でなければなりません。
このための嘘は一編の文学のごとく、無力と戦わなければなりません。

不可能だと思いますか？　ありえないと思いますか？

ぼくは誰もがそうであるように、人の言葉というものが常に壁でした。
ぼくは誰もがそうであるように、言葉が人のものとは違いました。
それでも言葉を持って生まれた以上、課すべきものがあるとも思います。

嘘も方便と嘯きながら、誠実であることを避けてきました。

誠意の名を借りて、自分の欲を通してきました。

それでもぼくは実践しようとしています。


あけましておめでとうございます。

＊

これは解読がかなり難しい。そもそも固いのか柔らかいのか、そこからして不明だ。

第一印象としては、ぼくがＳＮＳという新しいサービスに触れ、そしてそれに何か不満、もっと言うなら欺瞞を感じているかのように受け取れる。でも事実は違って、当時ぼくは学生時代のサークルの同輩に誘われ、わりとうきうきと、ｍｉｘｉなる代物をはじめたのだ。

一番わからないのは「話し合いが嫌い」だと宣言している点だ。前回の記事で触れたことではあるけれど、ぼくは話し合いというものをかなり重んじている。そして今回の日記の冒頭にあるように、不誠実で我欲を優先していたかというと、少なくともこの当時は、一種異様なまでに嘘やごまかしが嫌いで、誠実に生きようと苦心していたはずなのだ。

しかしそれ以前に、そもそも、この文章は何を目的としているのか。これから交流をはじめようとする相手に、何を求め、何を伝えようとしているのか。なんていうか、友達にするにはかなり面倒そうな相手である。十中八九、距離を置かれることだろう。というか、そういった「距離」そのものを求めているようにも見える。正直、クレイジーな内容だとも思う。しかしそれでいて、不思議な完成度の高さのようなものを感じないでもない。

それにしても何を言っているのかさっぱりわからない。「言葉で言葉を殺」すとは何か。「善なる魂がぶつかり」ってのは、いったいどういう状況を想定しているのか。「実践しようとして」いるのは、いったいどういう行動なのか。人間、二十歳を超えたらパーソナリティは変わらないと昔教わったけれど、それは嘘であったようだ。この一文を書いた人間は、ぼくであるはずなのだけれども、いまのぼくには、なんら理解の及ばない一個のモンスターであるかのように見える。

しかしせめて、自分だけでも自分の味方でなければならないだろう。そうした観点から解読を試みると、どうもこれは、新たなSNSをはじめるにあたって、みずからにとっての「言葉」それ自体を再定義しようとしている、そういう代物に見えてきた。

とりあえず鍵となりそうなのは、以下のくだりだ。

ぼくは誰もがそうであるように、人の言葉というものが常に壁でした。
ぼくは誰もがそうであるように、言葉が人のものとは違いました。
それでも言葉を持って生まれた以上、課すべきものがあるとも思います。

言葉が人のものとは違う、と書かれている。だからつまり、当時のぼくは、言葉というほとんど誰しもが共有している道具を共有できていないという、そんな現実認識に立っていたと見ることができそうだ。みずからの言葉のありようが、本質的に他者に伝わるタイプのものではないという、諦念のような、確信のようなものが感じられる（そして「誰もがそうであるように」と強引にそれを一般化している）。

より正確に言うなら、たぶん、歩み寄って他者に通じる言葉を導き出すことはできるけれど、それは自分にとって好ましい言葉の姿ではなく、理想とする言葉——おそらくは文学に由来する何物か——が先にあり、それを突きつめると孤独になるしかない。そうである以上、何かを「話し合う」際にはおのずと実存を賭すことになるか、あるいは己れを曲げて、世間的な意味での通常の言葉を使わざるをえず、であればそれは不本意だということなのだと思う。

そう考えると、この投稿が意味不明である理由もわかる。

他者と言葉を共有できないということを人に伝えようとしても、それを伝わる言葉でやってしまうと、おのずと自己矛盾を引き起こすことになる。したがって、伝わらない言葉で、言葉が伝わらないということを、迂遠に、詩のような論理を超越したやりかたで伝えるしかなかった、とまあ、そういう二十五歳の自分の姿がおぼろげながら見えてくる。

こうまとめてみると、日の当たらない部屋で一人、本ばかり読んで過ごしている、そんな青年の姿が浮かび上がってくるようでもある。生活感はなく、口数は少なく、およそ社会性というものを欠く。ところが実はこの当時、ぼくはプログラマとしてある会社に出向し、カーナビゲーションシステムを作っていたのであった。朝礼で、「顧客のために最後までやりとげます」みたいな企業理念を唱和させられ、そのことが嫌で仕方なかったのを記憶している。要求仕様書が詩的であっていいわけもない。だからこれは、ぼくがぼくの言葉を守りきれなくなってきた、防波堤が決壊しつつある、まさにその過渡期の一文でもあったのだ。もしかすると、そういう背景があるから、この宣言はいっそう頑なな、断固としたものになっているのかもしれない。

もう少し、本文そのものを読んでみよう。

「誠実であることを避けて」きたと語るのは、たぶん、どれだけ誠実であっても足りないと感じているか、あるいは、まじりっけのない理想とする言葉を自分が話せていないと感じるからではないか。そういう人物であれば「意識合わせ」も「話し合い」も苦手には違いないだろう。「ユーモアによる問題回避」云々は、これは単に、厄介な物事を笑いに転化してやりすごす、そういう態度を蔑視しているのではないかと思う。いまもその傾向はちょっとある。
しかし、「言葉で言葉を殺」すとは、いったいどういうことだろう?

けれども、言葉で言葉を殺せない人たちがいるのです。
仮に善なる魂がぶつかりあい、仮に正しい結論に至ったとしても、
その過程のあらゆる誤謬が、
偽りが、
せめぎあう雑言が、
泡のようなキーワードが、
その後の一生内にとどまって、反響し、責め苛まれる人種がいるのです。

「言葉で言葉を殺」すというのは、おそらくは引用だ。確か、ミステリ作家の竹本健治さんが、若いころにそういうことを考えていたと何かで書いておられた。ただ、竹本さんがなぜそんなことを考えていたかは知らないし、ぼくのこの一文においてはたぶん文脈が異なり、言葉だけを借りたような形になっている。
後半は、思い当たるところがある。当時、ぼくは記憶力が異様によくて、会社の会議で

は皆が話したことを一字一句すべて覚え、議事録を書くときには助詞の「は」と「が」の違いまで反映した。これは武器にもなる反面、弱さにもなる。適当なところで妥協して物事を忘れたりやり過ごしたりする、そういう、人を生きやすくするいいかげんさがないからだ。なんらかの障害であったとも思う。だから、忘れたいことを忘れられない。

けれど、ぼくはそれを解決するにあたって、ほどほどのいいかげんさを目指すという方法に思い至らず、あくまで、澱（おり）のように自分のなかに残った言葉を、別の言葉によって相殺しようと試み、そしてそれができなかったのだと思われる。ちなみにいま現在はというと、いいかげんすぎるので、もう少し過去の自分を見習ったほうがいい。

はたして話し合いというものが可能でしょうか？

共生し、協力し、問題解決に臨むなどということがありえますか？

ここまで来ればこれもわかる。反語だ。著者は、つまりぼくは、これまで述べたような困難を抱えながら、その上でなおかつ話し合いを可能にし、共生し、協力し、問題解決に臨みたいのだろう。おそらくは、論理を超越した、詩といったものの次元で。けれど、言葉という道具を他者と共有していないため、そこにはおのずと摩擦が、嘘やごまかしといったものが混ざる。

この嘘やごまかしの、あるべき方向性を模索しているのが、つづく段だと思われる。

このための嘘は一節の詩の核のごとく、日常的でなければなりません。
このための嘘は一編の文学のごとく、無力と戦わなければなりません。

文学を「無力と戦わなければ」ならないものと位置づけているあたりが、いまの目にはちょっとキュートだ。たぶん文学の領域はもう少し幅広いと思う。そもそも、無力であることを自明の理のように持ち出し、そしてその現実認識が相手と共有されていると考え、それを前提としているのがすごい。ハイコンテクストを通り越して暴力的ですらある。このあたりの姿勢は、いまの自分にはちょっと考えられない。ただまあ、これは失った何かでもありそうだ。

ともあれ、ここまで読み解けば結論は明白だ。

いや、これが人の詩の読み解きであれば明らかに不足があるというか、仮定や決めつけの上に論を進めているので、「読み解いた」とは到底言えない。けれど、今回のは著者もまた自分自身であるという特殊な事情があるから、とりあえずはこれでいいだろう。

それでもぼくは実践しようとしています。

この箇所を最初見たときは、いったい何を実践しようとしているのか判然としなかった。けれどいまは、だいぶはっきりしてきている。言葉のありようを超個人的なままにとどめ、他者と共有せず、けれどもその上で、他者と交わることを諦めず、そしてそれは詩や文学に近い形になるだろうと言っているのだ。ここにあるのは、ＳＮＳというものとはじめて出会い、戸惑いつつも期待している二十五歳の青年の様子だ。

これを書いているいま、古い知人たちはXを離れ、スレッズ、マストドン、ブルースカイといった別のＳＮＳに離散しつつある雰囲気だ。かくいうぼくも、いくつかアカウントを作るだけは作った。四十代を迎えたいまは、どれも似たようなものに見えてしまう。でもきっと、二十五歳当時のぼくのような人が、無数に、かつてのぼくと同じような期待を抱き、世界の七、八人に向けて発信をはじめているに違いないとも思うのだ。

とかく、息をするように政治の話をしていた。そうすることが正しいと信じていたし、なんだったら、ほかの皆もそうするべきだと考えていた。とはいえ、さすがに知人友人にそれを強要するほどストロングスタイルではなかったし、誰しもが自分と同じ方向を向いているべきだとまでは思っていなかった。いや、本当はちょっと思っていた。でも、それとは別に多様な世界を愛してもいた。

ただ、著名人に対する視線は厳しかった。そういうものだ。世界のどこかで紛争が勃発した際などには、作家は態度を表明しなければならないと考え、それをやらない者を監視し、心のなかの「臆病者リスト」に入れたりもした。なんていうか、もうちょっと純粋だった。そして全体主義的だった。赤の他人に自分と同様の行動を期待するのは、距離感というものを間違えているし、やはりそれは全体主義的であると言えるだろう。

3. 二〇〇八年のガザ紛争

では、いま現在はどうしているのか。たとえばロシアによるウクライナ侵攻については、SNSではほぼ無言を通し、そのかわりというか、二〇二三年の十月に現地へ行って雑誌にルポを書いたりしている。同時期に発生したガザ侵攻については、やはり無言に近い。が、十一月には朝日新聞にパレスチナ寄りの寄稿をした。

こうした方針が正しいのか間違っているのかはわからない。いまの心情としては、人間というものは昔ぼくが考えていたよりずっと弱く、痛みやショックを受けやすい。だからSNSにおいては安心できる場を提供したいのだ。ただ、そういう選択が可能なのは、雑誌や新聞に書いたりできるからでもある。実際のところ、ぼくの木っ端アカウントで何か発言するよりも、四百万部の新聞に書くほうが有意義であることは間違いないだろう。

しかし、こういうことを書きながら、ぼくはこの説明のどこかに欺瞞が潜んでいるような、釈明を並べているような、そんな感覚から逃れられずにいる。それはたぶん、本当はもっとできることがあるのに、それができていないという意識があるからだろう。

SNSだけ見て、ぼくのことを「臆病者リスト」に入れている人も、きっとたくさんいることと思う。それはそれでいい。昔よりも失うものが増えて、臆病になってきている面は確実にある。そういえば、何かに対して怒る場面がほとんどなくなった。よく言えば寛容だが、悪く言えば鈍磨だ。アンガーコントロールというやつには、なんらかの悪が潜んでいる。そして、心のどこかで思う。昔はどのように考え、どのように世界を見ていたのだっけ？

というわけで、今回取り上げるのは二十代の終わりの三つの日記だ。

＊

ガザ侵攻に対する海外の反応（二〇〇九年一月五日、mixi、宮内二十九歳）

以下、アルジャジーラ（カタールのテレビ局）のフォーラム「ガザ侵攻は何をもたらすのか？」から。作業時間を三時間ときめ、古い順から、目についたコメントを翻訳しました。自分が気に入ったコメントだけを選ばないよう、かといって虚しい両論併記にもならないよう、なるべく適当に選択しています（最後のやつは別）。言い回しや細かいニュアンスについては、そうならないよう心がけてはいますが、「おれフィルター」がかかっています。また、各人のコメントにはアルジャジーラの校正が入っています（実際に投稿して確認しています）。各人の国籍は自己申告です。

◇

ハマースはイスラエル倒壊をもくろむ差別主義の団体だよ。内部の異分子への弾圧はナチス並だし、反ユダヤのプロパガンダにしたってそう。穏健なアラブ諸国が、もはやハマースを支持していないのは幸いだね。ハマースが国民の弱みにつけこんで、自分たちこそがパレスチナに平和をもたらすのだと思わせることはあってもだ。イスラエルはハマースを孤立させるべきだろう。外交的にも、経済的にも、必要であれば、武力的にも。こんな組織と対話しようだなんて、いくらなんでも感傷的にすぎやしないか？（FIRST100 イギリス）

FIRST100よ、さぞかし気分がいいだろう？　実際、ハマースはイスラエル倒壊をもくろむ差別団体なんだからな。でも、常識があって、現実と向きあえる人はみんな知ってるんだ。イスラエルもまたパレスチナ倒壊をもくろむ差別団体なんだってね。(Rob イギリス)

イスラエル政府の戦犯たちは戦争裁判にかけられるべきだ。シオニズムの犠牲者たち——パレスチナの母親たち、姉たち、妹たち、レバノン人たちは組織し、死者たちを復権し、戦犯が戦犯として裁かれるようにしてほしい。イスラエルとイスラエルのテロ支援団体——IDF（イスラエル国防軍）も、モサドも、シンベト（イスラエル公安庁）も、それからJDL（ユダヤ防衛同盟）にしても、アメリカのロビー・グループにしても、正義は彼らだけのものではないし、いっさい裁かれずにテロを行える白紙委任状を持っているわけでもないんだ。シオニストの過激派もまた国際法で裁かれるべきで、そのときやっと、正義は立ちあらわれ、パレスチナ独立の可能性も開けるだろう。（Sunny カナダ）

俺はイスラエルに住んでるわけじゃないが、ときどき訪ねることはあるよ。ガザにおける過去のアパルトヘイト政策は、これまで指導者を殺し、投獄してきたから、それによって政治的空白が生まれてしまったんだ。イスラエルの突然の撤退はろくに注目もされなかったけれども、それは、ガザを過激派の手へと委ねることでもあったんだ。このイスラエルの大間違いがあったから（いつものことだが）、百五十万ものパレスチナ人をハマースから解放する必要が生じてしまった。簡単な話、ガザはエジプトの手に戻るべきなのさ。常識はどこかへ行っちまったのか？　その通り。イスラエルとアラブ諸国家においてはね。（Aladdin アメリカ）

イスラエル人候補者たちは強固にハマース解体を唱えているが、それはイスラエルにとって災い以外の何物でもない……ハマースはガザの外にもあるし、たくさんの支持者がいるんだ。彼らはこの動きを悲しむことだろう……わかるだろう、俺たちは殺すことができる。苛むことができる。犯すことができる。でも心を折ることはけっしてできないんだ。同規模のクルディスタンのPKKが、どれだけ長い間、みずからの土地とアイデンティティを懸けて闘ってきたと思っているんだ？　NATOの支援を受けたトルコ軍相手にさえ、何十年も闘ったんだ。タリバンにしたって、より強固になってきている。イスラエルは国連に耳を貸し、提案に従うべきなんだ。これまで広大な土地を盗んできたんだ。充分、もう充分だ！　イスラエルはアメリカに依存せず、みずからの両足で立つか、相応の結末を受け入れるべきなんだ！（Jアメリカ）

難しいよこれは。実際問題、「ぶっ殺してやる」と公言している組織があるわけで、それにどう接すればいいってんだい？　ちょっと考えさせてくれ……。（Robwash アメリカ）

こんなにも小さな国が、こんなにも憎まれつづけるのはどうしてなんだ？　イスラエル人はどうすればいいんだ？　国を畳んでどこかへ行けと言うのか？　彼らは、彼らのいる場所で生きていく権利がある。でも、隣人たちが攻撃しつづけるというなら、彼らだって抗いつづける。Tank Gunner 氏（イスラエル人投稿者）に同意するわけではないが、現実に向きあってみようじゃないか。隣人が毎日、殺してやると煽（あお）ってくるなら、誰だって戦車に乗らねばならないだろう。自爆テロが終わったとき、ガザとの国境は開くかもしれない。八〇年代にレバノンに行ったけれども、そのときは、誰もこんなことは予期していなかったよ。でも、実際起きてしまったんだ。だからハマースよ、こういうのはどうだい？　攻撃をやめて、平和を模索するんだ。（Daniel アメリカ）

Daniel へ。残念ながら、ガザ撤退に反対する人が俺たちのなかにも大勢いた。なぜか？　彼らにはインフラの解決策がなかった。交易について語る人間など一人もいなかった。市場の整備、法的整備、公益事業の整備、何一つだ。そのかわりにあるのは、俺たちの国を滅ぼすに足るロケット砲とAK-47ばかり。撤退は彼らに何ももたらさないだけでなく、悲しいことに、たくさんの文民が交戦に巻きこまれることになる。俺たちに選択肢はないんだよ。俺たちは、エジプトがガザを取り戻すことを望んでいる。しかしエジプトにしたって、ハマース問題まで受け入れたいとは思わないだろう。（Tank Gunner イスラエル）

Daniel よ、俺にはおまえの考えが全然わからないよ！　おまえはすべてをアラブのせいにして、アラブを悪者にしようとしている。イスラエルは敵に囲まれて、イスラムの恐怖と暴力から国を守らなければならないだって？　どこのハリウッド映画だよ！

見てくれ、シオニストがパレスチナを支配し、世界中からユダヤ人をかき集めることでイスラエルは生まれたんだ。そしてそのためには、たくさんのパレスチナ人を殺さなければならなかった。だから、俺たちアラブ世界の人間は、クリスチャンまで含めて、イスラエルは俺たちの存在を脅かす危険な存在で、彼らこそがテロリストであると認識しているんだ。俺たちが爆弾で応答するのは、パレスチナが俺たちのものだからなんだ！　少なくとも俺たちはそう思ってるよ。だからイスラエルはアラブから憎まれてきたし、いまも憎まれつづけているんだ！　メディアを疑え！　少しでも歴史を学んで、自分で判断してくれ。参加するのはそれからだ！(havenergy モロッコ)

なんという馬鹿げた問題提起だろうか？　違法な盗人たち、レイピストたち、戦犯たちが、土着の先住民たち――誇りある自由の戦士たちと、よりにもよって「どう渡りあうべきか」だって？　国際社会は、ハマースが民衆に選ばれたことをどう認識しているんだ？　記憶喪失にでもなったというのか？　誰が、誰の土地を占領している？　論理的に、公平に行こうじゃないか。たとえば、アメリカはなぜタリバンが自分たちの土地を占拠することを許さないのか？　アメリカ人は自分たちの土地を守るために闘わないのか？　シオニストは俺たちを洗脳しようとする。ユダヤ人は信仰を押しつけてもよく、違法状態は普通のことなんだってね。でも、ベトナム人はアメリカの占領に抗う権利があったし、世界はそのことを理解したじゃないか。抗う側がムスリムだというだけで、なぜこうも話が変わってくるんだ？　ムスリムは邪悪な占領を受け入れねばならないなどと、いったい誰がおまえにささやくんだ？　俺は、そして百万という人々は、アラブ人が占領に抗うことを当然だと思っている！（Angela メキシコ）

まず、ハマースがパレスチナ人によって合法的に選ばれたという事実をイスラエルは受け入れねばならないだろう。パレスチナの占拠は、イスラエル、アメリカ、イギリス、国連、ＥＵの圧力下で行われたのだから、その結果は受け入れなければならない。真の民主主義者であれば、ハマースの存在を認め、意見の違いについては対話を試みることだろう。ブッシュが他の国に対して主張してきたように。対話だ。イスラエルとアメリカは、ハマースと対話し、まずどのような差異があるのかを洗い出す必要があるだろう。何しろ、ハマースはパレスチナのために働き、実際に貢献しているんだ。彼らは、イスラエルやアメリカ、その他西欧のマスメディアが伝えるようなテロリストではない。ハマースは、自分たちの所有物をイスラエルが渡さないと示しているだけだ。合法的に選ばれたハマースを認めない者は、真の民主主義者ではない。パレスチナの民主主義よ栄えあれ。（ibby インド）

イスラエルがハマースの解体をもくろむにしても、それには長い時間がかかるだろう。なぜなら、ハマースはパレスチナ人の多数意見を代表しているからだ。そして、ハマースは唯一イスラエルに抗いつづけている組織だからだ。（Dawit エリトリア）

とりあえず、両者とも俺が俺がと価値観を押しつけあうのをやめて、世界からの論理的な、理性的な、現実的な提案に従うべきだと思うんだ。一九六七年に占領した土地を返還しさえすれば、イスラエルにも平和のチャンスがあることをアラブは約束している。つまり、それ以前に占領した土地は、そのままでもいいってことさ。なんというアラブ・ホスピタリティ！　それ以上を求めるなんて正気か？　こういう提案を無視したというだけで、犯罪的だとすら言えるだろうね。この提案を実現しようってやつはこの世にいないのか？　それを望む人だけでも？　平和のためにこれを進めてはくれないのか？　解はこれしかないはずなんだ。少しでも皆が平和に関心を持って、無尽蔵な武器売買と武器貯蔵をやめようと思えばだけどな。まあそういうわけで、これはどうやっても実現しないわけなんだがね。（love2u4free サウジアラビア）

俺たちの政府は、ハマースを選んだガザの人々の意向を受け入れるべきだと思うんだ。これればかりは、実際、多くのイスラエル人を納得させる何かがあるんだよ。だから、合法的に選ばれたハマースを認めないなどと、俺たちをゴミみたいに扱うのは勘弁してくれよ。でも、これは同時に、ハマースに選択権があるということなんだ。つまり、彼らが俺たちの生存権を認められないなら、ジュネーブ合意を破りつづけるというなら、俺たちの町や村を砲撃するのをやめないというなら、俺たちだって好きにさせるほど間抜けじゃない。宣戦布告と見なす。当然じゃないか。戦争においては、一方がもう一方に与えることなんかない。占領地に燃料や電気を回すこともない――一九四八年に、ほとんどのアラブ諸国がイスラエルに対してそうしたようにね――だから、俺たちだってそうするのさ。シンプルな選択さ。俺たちの政府がすべきことは、俺たちを嚙む毒ヘビに餌をやりつづけることじゃないんだ。（Miche イスラエル）

「自分たちを滅ぼさんとするレジームに抗うのは、傲慢でも差別でもないだろう、むしろ生存のための欲求ではないのか……」――J（アメリカ人投稿者）よ、もし生存がシオニストの望みだというなら、平和は何十年も前にもたらされただろう。イスラエルの破壊？　それこそが、自分たちを被害者に見せるためにシオニストが繰り返してきた文句ではないか。実際のところ、誰が誰を殺している？　誰が誰を滅ぼさんとしている？　誰が誰を脅かしている？　一九四七年のイスラエルの国境はどこにあり、それがいまどこにある？　Robwash（アメリカ人投稿者）よ、誰もイスラエルに国家的自殺など求めていない。いま何が求められていて、何をどうすればいいか——盗まれた土地を元の所有者に返して、それからハマースと対話すればいいだけだ！
（Rizan スリランカ）

俺は二十五歳で、パレスチナのラマッラーに住んでいる。これまでの全人生を、俺は占領下で生きてきた。ここまでの百三十六件のコメントはすべて読ませてもらったが、正直なところ、これは泣くべきなのか笑うべきなのかさえわからない。（lula590 パレスチナ自治区）

＊

ここでざっと背景を説明しておくと、二〇〇八年の暮れから二〇〇九年のはじめにかけて、ガザ紛争（もしくはガザ虐殺）というやつが起きた。イスラエルとハマースのあいだの停戦協定がろくに守られないまま失効し、その後、イスラエル軍が大規模な空爆や地上侵攻に及んだというのが、だいたいの経緯だろうか。このときも民間施設が攻撃され、たくさんの子供たちが犠牲となった。

それでこの日記はなんなのかというと、当時、カタールのテレビ局であるアルジャジーラのウェブサイトに「Let's Talk」というコーナーがあり、そこで世界各国のユーザーが活発に議論を交わしていた。そこから皆の意見をランダムに抜き出し、当時ガザ紛争について、世界の皆がどういう話をしていたのか訳してみたということだ。

皆のコメントを読んでいると、十五年経った現在と、議論されていることにそこまで大きな差はないようにも見える。だとするなら、それはつまり問題が進展していないということだ。心なしか、全員の語りが、現在よりも冷静な、理に寄ったものになっている気もするが、これはアルジャジーラという場がもたらしたバイアスでもあるだろう。ただこの偏りはぼくには心地よく、何か事件が起きるたび、「Let's Talk」欄のフォーラムを覗いたものだった。

「ガザ侵攻に対する海外の反応」という記事のタイトルは、この当時流行していたフォーマットにのっとっている。このころ、「〜に対する海外の反応」といった題で、主に日本にまつわる事柄について、海外のフォーラムでどう語られているかを訳すウェブ記事がよく作られていたのだ。だからこれは、そのアルジャジーラ版ということになる。

そうすると、このころの問題意識というか、当時ぼくが何を知ろうとしていたかは、こういうことになるだろうか。つまり、世界が、世界をどう見ているかだ。いま思うと、アルジャジーラのフォーラムなんかを訳していた人はかなり少なかったはずなので（少なくともぼくは一人も知らない）、これが全世界の五人だか十人だかにしか読まれていなかったというのは、もったいないと言えばもったいない。でも、現に読者がそれくらいしかいなかったのだから仕方ない。

「自分が気に入ったコメントだけを選ばないよう、かといって虚しい両論併記にもならないよう、なるべく適当に選択しています」という一文は、メディアへの不信感の表明だろうか。少なくとも、従来と違う観点をもたらしたいということではあるだろう。

また、「各人のコメントにはアルジャジーラの校正が入っています（実際に投稿して確認しています）」とある通り、ぼく自身、このフォーラムに出没してオピニオンを開陳していた。つまりそれが当時のぼくの「活動」で、これについては後述する（なお今回、改めて原文にあたれないかと考えたが、インターネットアーカイブでも発見できず、だからいま、これの原文を読むことはできなくなっている。これはつづく日記についても同様）。

ところで、ぼくはいろいろなコミュニティをまたいで情報を集めるのが好きというか、情報ソースを一つのSNSやメディアに依拠することに不安を抱く性質がある。それで、思想的に正反対の人が集まる掲示板とかを定期的に見に行ったりもする。そうやって自分の正気を確かめているようなところがある。前にアメリカのオルタナ右翼が集まる「パーラー」というSNSができたときも、すぐにアカウントを作り、皆が何を話しているのか見に行った（そのせいで、いまもしょっちゅうメールが送られてきてうっとうしい）。

アルジャジーラのフォーラムを訳した四日後には、こういう日記がある。

＊

ガザ侵攻に対するネオナチの反応（二〇〇九年一月九日、ｍｉｘｉ、宮内二十九歳）

「Stormfront White Nationalist Community」(http://www.stormfront.org/) のガザ侵攻スレッドから翻訳しました。場所が場所なので、特に公平な訳とかは考えていません。

きっかけはこれ。

イスラエル高官、ガザ住民を〝ホロコースト〟にすると脅す
http://www.el.tufs.ac.jp/prmeis/html/pc/News20080303_160019.html

そう、なんであれ、そこに無意識はあるはずなのだ。

◇

くそったれ！（12/27 hahajohnnyb）

ガザ――世界最大の強制収容所。ユダヤ人どもは、いつだって完璧にやってのける。おれたちの場合は、少数派だった！（12/27 CaptainIntolerance）

死者一五五人。なあ、このうちどれだけがハマースなんだ？　イスラエル人は、女子供を殺すことをなんとも思わないのか？　聞いたところでは、イスラエル人はガザの住民全員をハマースだと思っているみたいだがな。（12/27 Daniel Krider）

ハマースはただの一政党だろ？　BNP（イギリスの民族派政党）とどう違うのさ？（12/27 hahajohnnyb）

いいニュースじゃないか。ユダヤ人とアラブ人が共倒れすりゃいいんだよ。この二つがなければ、世界はどれだけよくなるだろう？（12/27 marius007 ロシア）

平和への一歩だな。（12/27 kirkblitz）

ハマースは政党だよ。それればかりか、パレスチナ人が民主的に選んだ政党さ。アメリカは都合よく無視するけどな。加えて、社会福祉も提供していたんだ――病院、学校、まあいろいろだ。イスラエル人にとっちゃ、それが「テロリズム」であり「敵対行動」らしいけどな。（12/27 bombadillo）

そうだよ、イスラエル人はガザの住民全員をハマースだと思っている。そうでなくて、どうやって自分たちを正当化できるんだ？　やつらにすれば、二歳の子供は、党員歴二年のハマースなのさ。照準に子供が入れば、ついでに、ＩＤＦ（イスラエル国防軍）は引き金を引く。（12/27 bombadillo）

その通り。あの二つの民族がいなくなれば、きっと世界はよくなるだろうよ。でも、問題はそこじゃないんだ。イスラエルは裁かれ、潰えるべきなのさ。イスラエルには、女子供を殺せるような力を与えるべきじゃないんだ――もっと言えば、二歳の子供を殺しておいて、何事もなかったかのように「彼らはハマースだった」と言ってのけるだけの力をだ。くそくらえ。どうしてイスラエルは無実の人間を殺してよくて、俺たちはそうじゃないんだ？　つまりだ、やつら、何様なんだ？　とにかく、イスラエルは女を、子供を、文民を、好きなだけ殺すことができる。そのくせ、俺たちにはくそったれの移民どもを追い返す力さえないんだぞ？　俺は本気で言っているんだ。いったい何がどうしちまったんだ？（12/27 Soldatul_Vostru）

全国家がイスラエルを爆撃し、地図上から消し去るべきだな。そしてそれは女子供を殺され、離散させられるってことだと、彼ら自身がよく知っている。レバノンで起きたことと同じだ。しかもその多くはヒズボラでさえなくクリスチャンだった。ユダヤは明らかに何かをたくらんでるな。シオニストの副大統領とオバマファミリーが力を蓄えているところでね。同時に、イランを押さえこもうともしている。イランからのクリスマス祝いはやつらにはトゥーマッチだったんだろうな。ガザはイスラエルにとって遺恨の地だ。分離してもいいと思うくらいにはね。何しろ、古代シュメールの戦争で徹底的に痛めつけられ、敗走し、聖杯まで取られちまったんだから。これはまさしく、ユダヤの復讐なのさ。やつらにとって、そこはバアル神（嵐と慈雨の神）に生贄を捧げる土地なんだ。メノーラー（ユダヤ教の典礼具の燭台（しょくだい））はギリシャ人の虐殺のシンボルだ。だから、ユダヤどもは殺せる限り殺して、それを悪神の慰みとする

わけなのさ。（12/27 Ivan-Ritter かつてカナダだった場所から）

おれはパレスチナ難民と働いているよ。おまえら、こいつの話を聞くべきだぞ。なんといっても……爽快なんだ！　しかし、アラブには協力しあってほしかったよ。アメリカがあのゴキブリどもを支援しつづける限り、やつらは止まらないだろう。（12/27 jamie ニューヨーク）

別にアメリカが支援をしているわけじゃない。アメリカの政治とメディアがそうしているんだ。ユダヤ資本。（12/27 Limey）

心ない野獣どもめ。イランが核武装すればいいのに。（12/27 PARYAN）

いっさいが良くならない。できないんだ。パレスチナ人は土地を取り戻したい。それだけだ。これは永遠につづく。少なくとも俺はそう思う。イスラエルは国を明け渡さない。アメリカもついているし、核だってある。今後、ハマースはもっといいロケットを手に入れるだろうし、武装も充実するだろう。やつらにはそれがわからないんだ。賭けてもいい。いっさいが良くならない。（12/27 Superswm）

ハマースはれっきとした政党だよ。でも、国内にロケットが一発飛んできただけで、みんな気が狂っちまったんだ。（12/27 PsychoSword）

国内にロケットが飛んできただって？　どの国内に？　もしかして、ユダヤが盗んだパレスチナのことを言っているのか？（12/27 PARYAN）

BBCから。（http://news.bbc.co.uk/2/hi/middle_east/7800985.stm）
・イスラエルのF-16は少なくとも一九五人（右記事中では二二五人）を殺した。
・ロケット攻撃により、少なくとも一人のイスラエル人が殺された。
これだけ野蛮なパレスチナ人なんだから、イスラエルが追い出すのも悪くないかもしれないな（これまでのツケで、真の隣人たちを敵に回しちまったんだ）。ところで聞きたいんだが、誰もイスラエルの「過度な武力行使」を非難しないのか？　やつら、対ロシアの防衛戦のとき、たしかそんなこと言ってなかったたか？（12/27 Dvastebya88）

おまえら、イスラエルは一度だってやつらの国ではなかったぞ。国連が違法に承認したってだけじゃない。占領し、奪ったんだ。いまこんな国があれば、すぐさまアメリカが空爆にやってくるだろうよ。ブッシュは何もしないばかりか、厚かましくも、「俺たちの自由を嫉妬してるんだ」とか言うだろうな。いや、誤解しないでくれ。俺はアラブ人なんかちっとも好きじゃない。ヨーロッパ起源の国々のいっさいから、やつらが追放されればいいと思ってるよ。でも、不愉快なユダヤ人どもが「多様性」やら「公民権」やら「民主主義」やらをふりかざしておきながら、国内にはアパルトヘイトの奴隷制度を作って、パレスチナ人の人権さえ認めていないんだ。あげくはガザを強制収容所にして、ドイツ人のふりをしたがっている。すごいことだぞこれは。「虐待」だとか「強制収容所」だとかいうユダヤ史観を、やつら自身が、このうえなく明確に体現しているんだから。偽善的な連中だよ。誰よりも早くコソボを見つけて、大量のムスリムをヨーロッパに送りこんでおいて、そこにきておまえ、パレスチナ人の人権を指摘でもしてみろよ。やつらは悪魔となって文字通り攻撃してくるんだ！　なぜなんだ！　なんでイスラ「ヘル」の基準だけ特別なんだ？　なんで「誠実エイブ」（エイブラハム・H・フォックスマン、名誉毀損防止同盟理事）はパレスチナの公民権については一言も触れないんだ？　だからユダヤは嫌いなんだ！　イスラエルには、ある基準を適用して、それ以外については、別の基準を適用する。これだけで、やつらがどれだけ破壊的で、偽善的かわかるってもんだよ！　やつらは現に、いま、俺たちを攻撃しているんだ！　偽善者！　ＳＰＬＣ（南部貧困法律センター）は

この虐殺についてなんて言っているんだ？（12/27 Thelonelymanin-Spandau）

「ロケット」という表現がそもそもミスリードなんだ。これはカッサーム・ロケット弾のことだが、実際、負傷したり死んだやつは少ない。せいぜいが窓を割ったり、火事を起こしたりするくらいさ。このカッサームってやつは、パレスチナ人にとっては象徴なんだ。石ころがインティファーダの象徴であったようにね。どれだけ抑圧されようとも、けっして仰向けに降参したりはしない、その意志のあらわれなんだ。子供たちでさえ、植民地主義者どもと戦おうとする。ロケット攻撃はハマース攻撃の口実にすぎない――でもその結果は、ハマースがより強固になるというだけさ。やつらは、ハマースの全指導者を殺せるかもしれない。でも、結局は敗北するだろう。思想においても、人口においても。ハマースのプロパガンダ映像をちょっと見てみろよ。なかなかキャッチーだぞ（以下YouTubeへのリンク、訳出時点で動画削除済）。（12/27 JulianTheApostate）

＊

いま――というのは二〇二四年の三月なのだけれど、ちょうどこれを書いているころ、

Xでルーカス・ゲージという男性の動画が流れてきた。アメリカ空軍兵がイスラエルに抗議して焼身自殺したのを受けて、共感を表明し、十分弱にわたって熱い、感動的ですらあるスピーチをしているものだ。

拡散しかけて、一瞬、嫌な予感がよぎった。もう少し動画のツリーを下ってみると、案の定。男は反ユダヤ主義掲示板「ストームフロント」――まさにこの掲示板だ――の元メンバーで、現役のネオナチだということだった。

と、念のため書いておくと、ぼくは「ネオナチにもいいところがある」とかそういうことを主張したいわけではなく、純粋に、海外でネオナチと呼ばれる人たちがどういうことを考えているのか興味を持ち、確認し、この日記で紹介した形になる。

掲示板の書きこみを見てみると、どうしようもない代物も一定数あるものの、けっこうな割合で、侮れない指摘があることもわかると思う。この集団は、わりとはっきりと悪であると思うのだけれど、だがしかし、まるっきりの馬鹿の集まりではないらしいということだ。こうした点を踏まえてみると、少しばかり目に見える光景が変わってくる。

たとえば、考えてみてほしい。ガザのジェノサイドに心を痛め、純粋な真心からそれに反対した日本人がいたとして、その主張を「ストームフロント」のこの掲示板に紛れこませてみたとしよう。たぶんその主張は、なんの違和感もなくそこに溶けこんでしまうはずなのだ。逆に言うと、そうした素朴な言説が、しかしながら一部海外においては、ネオナチの発言を彷彿(ほうふつ)とさせかねないということだ。それはつまり、こちらの話をちゃんと聞いてもらえず、一足飛びに「悪」にカテゴライズされかねないことを意味する。わりと、ぞっとしてこないだろうか。おそらくはこのあたりにも、世界においてガザについて発言する難しさの一つがある。であればなおさら、ちょっとこういう深淵を覗いておいても損はないだろう。

では、ぼくはどういうことを考えていたのか？　二つのフォーラムを訳しながら、ぼくの精神はそのときなんと言っていたのか？　これについては、シンプルに記録が残っていた。以下の通りだ（英文箇所については、追って翻訳を試みます）。

＊

ガザ侵攻に対するおれの反応（二〇〇九年一月十五日、ｍｉｘｉ、宮内二十九歳）

以下、アルジャジーラフォーラムへの投稿コメントから。

すでに何人か日本人も投稿していたのですが、見た限りではどれも、「どうしても見過ごせないので、とにかく一文だけでも」といったもの。であれば、他と同様、かっこつけた文章でまっこうから本質論を投げる人もいていいだろうと。いま読み返して何箇所か「あれっ」となりましたが、それはそれ。また、それまでの議論の文脈に依っているところが多いです。

・その1

If the rise of Hamas is because of Israel, we can also say that the rise of Likud is because of Palestine, and it’s hard to make sense with it. Is Hamas a political party which has been elected under democracy? Yes, and they have done educations and other welfares. According to my feeling, they are the freedom fighters. But in the other hand, the assassination of Abbas is not democratic at all. Israelis are the invaders, but as well, the new natives. I think, as many other comments indicate, the point is that the one side genocide is continuing now on, and there lies a profanity against human rights. But frankly speaking - I deny Israel, and support all Jewish diasporas around the world. You may feel I’m double-tongued, but I truly think so.

・その2

"How many folks here would want to live under a Hamas government?" - I don' t want to live under the Hamas government. But living under occupation is even worse. Simple priority. Once having brought up there, self-determination is worth more than moderation. With same logic, I don't want to live under Zionist nation, but if it was occupied by someone else, I would think it' s even worse. Despite lifestyles, despite infrastructure and all other things, despite even races or religions, despite whether neoliberalism or social democracy. Despite all our thoughts and ideas, as a reality, living there is belonging there (as Americans are Americans). As well, I do want to live in Japan as a native, but the occupation by US, which is nearly invisible now, is still, for me, a discomfort.

＊

二つとも、アルジャジーラのフォーラムに投稿し、実際に掲載されたものになる。というわけで、かつてのぼくの意図を詮索する前に、まずはこの二つの英文を訳してみよう。十五年前、二十代のぼくはガザをどういうふうに見ていたのか。二十九歳当時と考えると、かなり訳出するのが怖いのだけれど、でもまあ、とりあえずやってみよう。

だいたい以下の通りだ。

「ハマースの興隆がイスラエルに由来するって言うのなら、それと同じくして、リクード（イスラエルの政党）の興隆もパレスチナに由来するものだと言えちゃうよね。そういうのって、あまり意味なくないかな。それで、ハマースは民主的に選ばれた政党なのか？ イエス。そしてまた、教育や福祉を担ってもいる。率直に打ち明けるなら、彼らはフリーダム・ファイターだと感じているよ。でも他方で、アッバスの暗殺（アッバスはパレスチナ自治政府議長、ハマースによる暗殺計画があった）はまったくもって民主的とは言えないよね。イスラエル人は侵略者かもしれないけど、同時に、新たな先住民でもある。問題は――ほかの皆が示唆しているように、一方的なジェノサイドがいま現在もつづき、人権が蹂躙されつづけていることだろう。ただ、ぶっちゃけて言うなら、ぼくはイスラエルを否定し、世界中のユダヤ人ディアスポラを支持したいんだ。二枚舌だと思われるかもしれないけど、でも本当にそう思っているんだ」

「〝ここにいる皆のうち、どれだけがハマース統治下で生きたいと思うだろうか〟って？ ぼくはハマース統治下で生きたいとは思わないけれど、占領下で生きることはもっと嫌だよ。単純な優先順位だ。一度そこで生まれ育ってしまえば、民族自決は、穏健であることよりも優先されるんだよ。同じくして、ぼくはシオニスト国家に住みたくはないけれど、もしそこが何者かに占領されたとあれば、それをもっと悪い状況だと感じることだろう。

暮らしを別にして、インフラとかそういうやつも別にして、人種や宗教をも別にして、新自由主義者か社会民主主義者かといったことも別にして、あらゆる考えや意見を別にして、一つの現実として、そこに住むっていうのはそこに属するってことなんだ（米国人が米国人であるようにね）。同様に、ぼくは先住民として日本に住んでいたいけれど、でも、限りなく透明化した米国による占領は、いまもって、ちょっと据わりが悪く感じてもいるよ」

思ったよりはちゃんとしている……ような気がする。ハマースのことを、いまよりも純粋な視線で見ている点が少し気にかかるが、言っていることは、ちょっと古いタイプの日本の右翼に近いだろうか。とにかく、一貫して民族自決を訴えているのがわかる。だからつまり、この時点では、ハマース支持ということになるだろう。

いま現在はというと、ガザ地区での戦闘の停止を願いつつも、ハマースに対してはだいぶ冷淡な気持ちに変わってきている。が、民族自決という考えについては、根っこの部分においてはそう変わっていない。ただ、「限りなく透明化した米国による占領」とまで口にする気はない。よく言えば、まあ、角が取れてきているということだろうか。

ところでこの二つの英文、いま見てみると、なんとなく気取った感じの言い回しが鼻につく。ただそれは、とても頑張ってそうしていた面があって——というのも当時のぼくは、こうしたフォーラムに日本人が登場し、それなりに流暢な英語で、それなりの意見を表明することが（当時の翻訳ソフトはまったく実用に堪えなかった）、めぐりめぐって、世界の、そして日本のためになると信じていたからだ。言い換えるなら、言葉はぼくの政治性の一部、いや根幹だった。そうするとこの点においては、現在も当時も、さほど変わっていないと言えるのかもしれない。

4. リテラシーくそくらえ

三十歳を迎えたころは、いつも何かへの漠然とした怒りを抱いていた気がする。理由は単純で、要は、やりたいことができていなかったからだ。ぼくはスタートアップからかかわった会社で、プログラマ兼マネージャーとして勤務しながら、暗鬱(あんうつ)とした日々をすごしていた。仕事は年々忙しくなり、責任は増していく。かつて皆が夢見ていた自社ブランド製品は作れず、もっぱら、皆が食いつなぐための下請けの仕事が主だった。それ以前に、本当に作りたかったのは小説だ。それに費やせる時間は、かなり限られていた。

このころ——おそらくは二十代後半くらいから、ぼくは生まれてはじめて死ぬのが怖くなった。小説で世に出られない可能性がある。そしてその蓋然(がいぜん)性はかなり高い。この事実が徐々に重くのしかかり、何もなしえないまま死ぬのが怖いという気持ちにつながってきていた。

もちろんその可能性があること自体はわかっていたし、諦めるなら何歳くらいが妥当かとか、そういうことを検討してはいた。けれど、だめかもしれないという事実が実感とともに襲ってきたのが、この二十代後半から三十歳にかけてのいっときだったのだ。より正確には、ぼくはだめかもしれない可能性に気づいているような顔をして、冷静な現実主義者を装いながら、腹の底では自分のことを信じていて、そしてこの一時期、その信仰めいた自信が潰えたのだろうと思う。

諦めて生きるには、まだちょっと先が長い。それでいて死ぬのが怖い。

よくわからないまま会社帰りの深夜、街を徘徊(はいかい)し、どこか明るい場所に入るでもなく、酒をあおるでもなく、むしろもっと暗い場所を求め、線路を見下ろす池袋の陸橋とか、夜のサンシャイン60の麓の無機的な通りとか、そういった場所を歩き回った。理由はわからない。旅の代替行為であったような気もするし、そうでなく退廃を求めていた気もする。たぶん後者だ。そのころぼくは奥底で退廃を求めながら、酒びたりといった類型的な退廃を知の敗北と見なし、退廃ならぬ退廃を求め、何をするでもなくただ夜歩いていた。

死を恐れながら、心性は死に傾いていた。実際のところ、駅のプラットフォームから見下ろす線路には強い引力を感じた。けれど結局は死を先延ばしにし、死を先延ばしにしたその空白を埋めてくれたのが、殺伐とした夜の都市の景色だったわけだ。

物心ついてから二十代なかばまで、ぼくはどうしたわけかまったく死が怖くなかった。理屈抜きに、死を自然の摂理として受け入れていた。悩みごともなかった。では悟りの境地に達していたかというとそんなことはなく、ぼくはそういう自分を鼻にかけ、自慢に思っていたふしがあった。それなのに気がついたら迷い、思い悩み、死を求めると同時に恐れてもいる。自分でもちょっとわけがわからなくなっていた。

賭ける気持ちのようなものも摩耗してきていた。

本能は、会社をやめろと告げていた。しかし、会社というものには妙な依存性がある。スタートアップからかかわったこともあり、ぼくのなかの弱い何者かは、もっと会社のために貢献したいと告げていた。やりがいというやつだ。やりがいを持てと人は言うものの、やりがいというものはけっこうな割合で、人を溺れさせる重りにもなる。

と同時に、三十歳という年齢はたぶん若い部類に入る。体力もあるほうだろう。それはつまり、心情を書き残したり、詩を書いたりする余裕が充分にあったことを意味する。

＊

ざわめきと地域猫（二〇〇九年五月十六日、ブログ、宮内三十歳）

クラクションとざわめきと地域猫たちの街で
ぼくはクラクションとざわめきと地域猫たちの幻を見ている

詩と暮らしとの狭間は案外広いものだから
男たちはすぐに弱って政治の話ばかりをしている

人間扱いされたい
置いていかれたくない
差別されたくない
たったそれだけのことさえ日々に忘れ去りながら

金があると腹を壊すんです
宿があるというだけで　死者たちの顔がぼやけるんです
たったそれだけを圧し殺しながら　朝が来て、週が明ける
酒の席のありふれた傷の舐(な)めあいなんかもううんざりだとか話しながら
その足、ぼくらは二次会へとなだれこむ

自分で自分に丸投げしてんです
自由意志とかもう邪魔なんです

ぼくが人間扱いされたかったのはこんなやつら相手じゃない

＊

この詩はわりと直球で、不明な点は少ない。詩であるので非論理を通じた論理みたいなものは当然あるし、それは不明と言えば不明なのだけれど、全体として、一般的な詩の範疇に収まっているというか、少なくとも「マジでわからない」部類ではない。である以上、この詩については、何か解説したりつけ加えたりするのは野暮と感じる。

それはそれとして、ちょっと気になるのは五行目だ。

「男たちはすぐに弱って政治の話ばかりをしている」というくだりはジェンダーバイアスを感じさせるので、というかジェンダーバイアスそのものであるので、いまならこういうふうには書かないだろう。ただ、現在は書けない素朴な肌触りのようなものを感じもする。それがいいとか悪いとかの話ではない。ただ、そう感じたというだけだ。

この箇所でぼくは、自分が政治の話をする理由を「弱って」いるからだと見なしている。人が政治の話をする状況はさまざまに考えられる。たとえば、切迫した状況に置かれてほとんど発言を余儀なくされた当事者だ。でもそのほかに、確かに、こういう動機の人がいることも無視できないだろう。あるいは、弱った結果、考えるのをやめ、特定の政治的グループに短絡的に属する人たちへのあてこすりも含まれているかもしれない。はっきりしているのは、ぼく自身もまた弱っており、そのことを自覚していたことだ。

冒頭に書いた通り、「何かへの漠然とした怒り」もあった。そして政治の話をしていた。そこにある怒りは、実際のところ、半分は自分の弱さに起因するものであったろう。ただ、真剣ではあった。たとえば、次のような日記だ。ぼくは真剣になるほど言っていることが意味不明になる傾向があるので、そういう箇所は、追って解読を試みたい。

＊

麻雀とフリーチベット（二〇〇九年三月十七日、ｍｉｘｉ、宮内三十歳）

「「君は連中の何について書こうとしているんだ？　彼女たちがどこで生まれ育ち、そしてどうやって〝生きた爆弾〟になったかということを列挙したジャーナリスティックな調査報告か？　しかし、それだったら新聞がもうすでに書いているぞ。昨日だってこんな記事が載っていた。〝女性テロリストはテロ行為を起こす半年前に家から連れ去られた……、そして……ほら……、彼女はぬいぐるみのクマが好きで、両親の言うことをよく聞く子だった……、兄はバーブ教信者だった〟だからどうだって言うんだ。この記述によって今、起こっていることの何かが明らかになるとでもいえるのか？　彼女たちについて書かなければいけなくなるのは、すべてが終わってからだ。そのとき出版しよう。いったいすべては何だったのか、と分析をし、結論を導くのだ」と、某出版社の編集者は私に言いました。

でも、私はすべてが終わってから書くのでは嫌なのです。なきがらを数え、〝ロシア史における新しい現象〟の悲しい結論を導き出したくなどないのです」

――『アッラーの花嫁たち』ユリヤ・ユージック著、山咲華訳

たとえばなんでもいいから社会問題があったとして、そのとき、ぼくらは何か見えない力によって発言・行動・参加を求められる。たいていは、どちらが正しくて間違っているかなどわからない。ぼくらは「正義も悪もない」ではないけど、表層的には正誤の判断を脇へとどける。しかしその実、本当はどちらが正しいかについて異様なまでにこだわっているのである。

いや、これは「こだわっている」とは言いがたいだろう。そこには知るための特別な努力がないからだ。そればかりか、本当のところ、何が正しいかは心の奥底ではわかっている。それでいて、自分の行動が誰に利するのか、明確にそうとわかるまで動こうともしない。

なぜか？　結果として間違っていたら格好がつかないからだろうか。自分がデモとかに参加することで、名前も知らないような左翼団体などが利する結果になったら腹が立つからか。いずれにせよ、ぼくらは根っこのところで、心に従うということを恥じ入るようできている。

ぼくらはみずからの欲を制御しなければならないからといって、心を制御しようとして、そのくせ欲求ばっかりいつでも丸出しだ。真実がどちらにあるか本当は知り抜いているのに、表面的にでも騙(だま)されるのが嫌なのか、結果、自分を騙して物事のプライオリティをすりかえる。

「事実関係を確認してから」

そう言って、結局ぼくらは行動を留保する。でも、事実関係の確認とはなんなのか。いつになったら、それは確認されるのか。それまでに何人が死ぬのか。確認するならするで、いったい何をもって確認されたと言えるのか。ウィキペディアに書かれていればそれでいいのか。

そういうわけだから、本当に問題意識や危機感を持っている人は、ある程度のところは見切り発車で行動する。物事にはタイムリミットがあるからだ。動かない人たちは、べつに明晰であったり、冷静であったり、奇跡的な中立的バランス感覚を持っていたりするのだとは限らない。むしろ単に問題意識や危機感もなければ、これといった考えもないことの方が多い。

だからといって問題意識パラノイア・危機感マニアックスになるわけにもいかない以上、我関せずを貫くのか。それとも、名前の末尾にフリーチベットとでもつけて、普段はそれと関係ない麻雀の話でもするのか。後者はほとんど悲喜劇だ。かれらは根っこのところには自分の思想があり、それに導かれてそうしたはずなのに、にもかかわらず結果は血肉のない借り物の発想であり、おそらく自分でもそのことを強く実感していて、しかしそれに抗えないのだ。

とはいっても、ぼくらは動機をないがしろにできるよう作られていないため、アットマークのあとにぎりぎりの主張を入れるという形で、動機そのものを取り出して眼前に配置する。しかし、それはある意味ではメタレベルの操作であって、もはやみずからの動機だと言える性質のものではなく、それゆえ、表層においてはいくらでも社会におもねることができてしまう。

これはたとえば、「無知」として発言することが身につきすぎたあまり、仮にある分野において必要と思われる知を手にした後も、地に足がつかず、そのうえ自分自身ですら必要な知を手にしているとはとうてい信じられない、そういう現象に似ていると思う。ここでいう無知とは人間の初期状態のことではなく、一度そこに落ちるとなかなか戻れない、そういう知的乖離(かいり)のようなものを指している。哲学的にどういう用語があてられているかは知らない。

「無知の知」のように見えるもののほとんどは、単なる知らないふりである。本当は知っていて奥底には何かしらの問題意識があるのに、そうでないかのような顔をするのは、「知らないふり」でなくてなんだろう。おそらく、ぼくらは騙される・騙されないのゲームのなかで真実が見えなくなっているわけでは決してなく、本当のところ何が起きているかを感じ取っている。それが内容的にぼく個人の思想と一致するかしないかはまったくの別問題として、ぼくらは知っているのではないか。それを、いまぼくは告発したいのだ。ぼくらは知っていると。

「一方、ロシアではそのことに関しては、皆、口をつぐんでいます。恥ずかしげに黙っています。誰も彼女らの名前を知らないし、なぜ彼女たちが自らを殺す決意をしたのかも知りません。死んだ娘たちについてたずねられると、親は目を伏せます。パレスチナで女シャヒードであることは名誉なことであるのに対して、ここではそれは恥なのです。すべての人間が沈黙しているのです。まるで、ロシアには自らの血に濡れた日々がないかのように」

——同書

＊

また何やら回りくどいが、今回のやつは、大筋においては何を言わんとしているかが明瞭だ。中立や傍観、留保や冷笑を決めこむ個々人に訴えかけ、個々人のアクションを求めているのだろう。ただ、こちらの陣営につけと訴えかけているわけではないようだ。「それが内容的にぼく個人の思想と一致するかしないかはまったくの別問題として」とあるので、右であれ左であれ上であれ下であれ、とにかくそれぞれが自分の考えをそれぞれに発信する、そういう社会を求めていたことになる。

もう一つ特徴的なのは、日記中でさまざまに言い換えているけれど、要するにぼくはここで、個々のリテラシーが行動を阻むことを問題視している。たとえば、「事実関係を確認してから」「そう言って、結局ぼくらは行動を留保する」のくだりがそう。かつてのこの指摘は、いまもある程度有効なのではないかと思う（もっとも現在はちょっと考えが異なり、一周回って、リテラシーの重要性に立ち返っていたりはする）。

「ぼくらは知っている」というラスト付近の一言は妙に力強くて、自分にこういう煽動者的な素質の片鱗があったことにいまさら驚いたりもする。しかし全体としては言っていることが難しく、あまりマスに伝わる代物とは思えないので、結果的にはまったく煽動になっていない。このあたりが、いかにも自分らしい。

文中のフリーチベットだのアットマークだのは何を意味するのか。これは、背景情報を補う必要があるだろう。この当時はチベット問題がよく取り沙汰され、アカウント名のあとにアットマークとともに「フリーチベット」と記したりするのが流行していたのだ。また、日記の最初と最後に引用した『アッラーの花嫁たち』という本はチェチェン問題に関するもので、みずからを「生きた爆弾」としたチェチェン人女性らを追うノンフィクションである。

解読が必要そうなのは、「だからといって問題意識パラノイア・危機感マニアックスになるわけにもいかない以上」あたりにはじまる、持って回った後半部分だろうか。ここにフリーチベットの話がつづくのだけど、「メタレベルの操作」が云々とどうもややこしい。

まずここで想定しているのは、名前のあとに「フリーチベット」をつけるけれども、具体的にそれについての話をしない人たちだ。現在のぼくの観点では、その人たちにはなんの罪もない。むしろ善良であると思う。ただ、「フリーチベット」と一言書いてそれを免罪符にしてしまうのは、政治的には空疎であって、結果、白紙委任として働いて望まぬ結果を生むのではないかと、そういうことをこのときは問題視していたようだ(「表層においてはいくらでも社会におもねることができてしまう」)。

つづく「無知」云々もわかりにくい。ざっくり現代語訳するなら、まず、「無知の知を免罪符にして思考停止しないでね」というのが一つ。そしてそうだからこそ、「無知の知を内面化しちゃうのは危険だよ」ということだ。この二つの順序が逆に書かれているから、いろいろとわかりにくくなっている。解読はだいたいこんなところでいいだろう。

さて、この日記は二つの意味で時代の変化を感じさせる。

一つには、いまの人々はぼくがこの日記を書いた当時と比べ、より積極的に皆がみずからの正義を発信し、それぞれにオピニオンを披露しているように見える。この日記で問題視していた、間違えることを恐れて中立にとどまるような人たちは、いまとなってはむしろ少数派だと感じる。「冷笑はよくない」といった言葉はいまだに目にするが、どちらかというと、現在のXの類いは、万人の万人に対する闘争の場そのものではなかろうか。

では、それがぼくの望んだ未来であったのか。たくさんの人々が知らないふりをやめ、中立を偽装するのをやめた現状――というより慎重に口をつぐみがちな層を、思うがままに発言する層が圧倒的な数の力で覆い尽くした現状は、望ましいものであったか。残念ながらそうとは感じない。なんといっても、皆が口をつぐむのをやめた結果、はてしのない分断や闘争が生まれたからだ。こんなのは望んでなかった。

もう一つの時代の変化というのは、チベットやチェチェンだ。これは言いかたがとても難しくて、というのもいまだそこに当事者がいて、そして禍根が消えたわけではないはずなのだけれど、しかし、過去の問題になりつつある事柄だからだ。冷たい言いかたをしてしまうなら、少なくとも、大勢は決しているように見える。二〇二二年のロシアのウクライナ侵攻において、キーウ近郊の激戦区にチェチェン人の部隊が投入されたことを知り、苦い気持ちになったことを覚えている。

二〇二三年にウクライナのキーウとその近郊を訪問した際、多くの人がロシア兵を罵る

のを耳にした。それはたとえばこういうものだった。ロシア兵にはいくつもの前科がある。そ
「ウクライナ兵が高等教育の修学者だとすると、ロシア兵にはいくつもの前科がある。そ
れが実際に見た印象だ」
ロシア兵に家族を射殺されたかたの言だ。そうした事情を差し引いても、この印象は覆せないというか、事実、両者にそれくらいの違いはあったのではないかと想像はつく。略奪や虐殺の証言も多い。でも、その「ロシア兵」の中身が何人であったのかというと。かつて、チェチェンという場所で何があったのかというと――。

5. 日記らしい日記

「日記たち」と言っておきながら、ここまで日記らしい日記がまったく出てきていない。第一回で扱ったのは、全世界の七、八名の読者に向けた熱い煽動文。第二回は、心底意味不明であった詩のような挨拶文。第三回は二〇〇八年末のガザ侵攻に関連して、アルジャジーラのフォーラムに出没していたという話。第四回は詩と、それからまた謎の檄文のようなもの。少なくとも、世間的な通常の意味あいで日記と呼べる代物ではない。

とはいえ、実際にそれらは日記として公開されており、著者、つまりぼくの意識においても日記であったのだけれど、そう強弁したところでたぶん理解は得られないだろう。しかもことごとくが抽象的で、いちいち雲を摑むような感触がある。その意味では、啄木のローマ字日記だって内容にさえ目をつむればもっと全然ちゃんとしている。では、ぼくはその手の日記らしい日記を書いて公開したことはなかったのか。実はしていた。

日記らしい日記は、あるにはあった。

そしてそれを、これまでぼくは隠してきた。

理由はいくつかあって、たとえば何とは言わないけれど、百三十六枚の牌（はい）を使って和了（あが）りを目指すゲームでいくら勝ったとか、そういうコンプライアンス的に気になるものがあったり、あるいは、現代のポリティカル・コレクトネスとあまりにも乖離しすぎていて公開がはばかられたりと、そうした事情から伏せたものもある。

でも最大の理由はほかにあって、ぼくが意欲的に日記を書いていた二〇〇〇年代の後半は、将来を約束しあっていたパートナーに出て行かれた時期にあたり、そしてそのことをぼくはめちゃくちゃにひきずり、正気を失い、口を開けばその話ばかりしていたからであったのだ。

つまるところ、ぼくはこれまで「デビュー前の日記たち」（雑誌連載時タイトル）だなんだと黒歴史を明かすかのようにふるまっておきながら、それでいて一番恥ずかしいところを伏せ、かわりに昔の自分を小馬鹿にする素振りを見せつつ、もう片方の手で、かつての才気の片鱗をちらつかせてどうだとばかりに脂（やに）さがっているような、そういう不誠実な態度を取ってきたということになる。

である以上、やはりその当時の日記らしい日記も紹介しなければ看板に偽りありということになるだろう。ただ、あまりにも生々しい部分については――本当はそれこそが面白い箇所であったりするのだけれど――なにぶん相手がいることなので、当時一度公開してしまったとはいえ、いまあらためて、なんでもかんでもパブリックにするわけにはいかないはずだ。が、ちょうどそのころの気分というか雰囲気の漂う日記があったので、それを今回はご紹介したい。

二〇〇六年のころだ。

ぼくは二十七歳で、東京の大塚駅付近に狭いアパートを借り、そこに二人で住んでいたのが、やがて一人になった。仕事はプログラマで、とある会社のスタートアップに参加するため、転職したばかり。そしてその裏で、完全に自信を失っていた。

意味が取れない箇所については、例によって追って解説を試みたい。

＊

赤くなってみた（二〇〇六年十一月十二日、ｍｉｘｉ、宮内二十七歳）

10/25

Ｋくんとバーで飲んだ。久しぶりに作り手同士しかわからない話ができた気がする。日々を生きながら、それでも火を絶やすまいとする人物と話すのは、それだけで励みになる。大半はぼくの泣き言を聞いてもらってた気がしなくもないけど。エチオピアで書いた小説を渡してみる。当時、彼女のために下書きして、日々に追われ結局ふられてから清書したのだった。富士山に行ってみようとか、そんな話をする。

10/31

気分転換に髪をきった。かつて彼女がいまにも崩れそうな人型の灰みたいになったとき、無言でなでていたヒゲもいいかげん剃(そ)った。ぼくは命綱にはなれなかったのだ。でも鏡はいまいち冴(さ)えず、夜、社長に打診する。真面目な話、お客様先でウィッグかぶれば髪染めていい？　社長、苦い顔。

11/2

赤く染めた。美容院のブリーチの匂い、破壊の予感は無条件に人を蘇らせるものがある。前に染めたのは六年前。金髪にうっすら緑を入れていた。地元の店番バイトの面接にそのまま出向いたところ、「黒くすれば雇っていいよ」とのことで、黒く染めて出勤したところ、同僚はみんな金髪であった。

あれはひどい！

売人からカギっ子、ニートやチンピラが集まる妙な店だった。その店はもうない。はじめて金髪にしたころ、つきあう前の彼女からメールが届いた。最高ォ！　破壊ってあたし的なテーマかも。彼女の破壊が痛みになりだしたのはいつからだろう。

11/3

出身サークルが米澤穂信の講演会をやるというので見に行った。ぼくの在学中は学園祭がなかったので羨ましい。米澤穂信は誠実に質問に答えていたが、大事なことは作品で語る人物かもしれないと思った。久しぶりに麻雀をやったら四暗刻(スーアンコウ)を二度ツモった。一人になってから、運も想像力もいやに色々と上向きだ。でも二人とも、そんなこと最初からわかっていたのだ。

このごろ、なんか啓示ある一言を聞けないかといろんな相手と話しているのだが、男性原理はいまいちぼくを救わないらしい。家庭的な女を紹介するよと言った社長、あのとき、つい鼻白んじゃってごめんな。

人間は一人が一番強い。そんなこと、最初からわかっている。その上で、わざわざ他者とつきあうんだ。ならばそれはまったく理解不能な、自意識の鏡を打ち砕く、圧倒的な女性原理でこそあってほしいじゃないか。

11/4

このごろ仕事明けごとにPRONTOで夕食がわりのトマトとモッツァレラのサラダ

を頼み、ノートを広げている。アメリカを舞台に、『ドグラ・マグラ』と『HUNTER×HUNTER』を足して二で割ったような音楽小説を書いているのだ。が、三百枚あたりでハタと止まってしまった。アメリカの性と暴力をめぐるさまざまな実験は、どのつまり「他者同士が家族になる」問題へと結びつく。気づいたはいいけど、そこから話が収拾つかなくなった。ぼくは家族を書けるのか？

＊

五日ぶんの日記が一つになっている。

十月二十五日――「Kくん」は当時の友人で、本当は名前が書かれていたのをイニシャルに置き換えさせてもらった。これはシステムが関係していて、当時、この日記は友人同士しか読めないようになっていたので、あまりプライバシーに配慮しない書きかたをしていたのだ。ただ、イニシャルにするというその行為によって、あたかも当時の友人を殺してしまうような、かつてあった時間をなかったことにしてしまうような感覚に襲われたので、読者にはどうでもいいことだろうけれども、ひっそりと記しておく。「Kくん」と書かれたここには「かずねくん」と書かれていた。「作り手同士しかわからない話ができた」とある通り、とあるアマチュアの作り手だった。いま、何をしているかはわからない。

後半に出てくる「彼女」が、出て行ったばかりのパートナーを指す。なんの説明もなく登場してくるので不親切きわまりない。なぜこのような書きかたになったのか、考えられる理由としては、一つには、ぼくが自分のことを世界の中心に置いていて、誰もが自分のことを知っているという前提で日記を書いていたというものだ。が、このシリーズをやるにあたって他の日記を読んでいるとき、「みんなが自分に注目している前提で書いたような日記の文章が好きだ」という記述を見つけた。となるとむしろ、意図してそのような文章を書いていた可能性が高い。

うん、そうだ。

ちょっとややこしいのだけれど、ぼくは自分にとって重要事項である「彼女」についてなんの説明も加えないことが、リアルな、本来の人間の実存に近い一人称のありようだと考え、そうしたのであった。この観点においては、読者に対して「彼女」が誰を意味するのか親切に説明をすることは、嘘や欺瞞なのだ。こうしてできあがるのが、つまり、「みんなが自分に注目している前提で書いたような」文章ということになる。実際、ぼくはそのように考え、そのような不親切な小説を書いていた。ちなみに「エチオピアで書いた小説」は、のちに発表された『黄色い夜』という中編の原形となる。

十一月二日――ここで気分転換に、髪を赤く染めた。

十一月三日――米澤穂信さんの名前が出てきて、いま、自分でもびっくりしている。ちなみに、ぼくはとても人見知りであるので、ご挨拶するようなことはできなかった。しかし、この日のポイントは後半だろう。得意の、意味のわからない文章だ。「啓示ある一言」「男性原理」「自意識の鏡を打ち砕く、圧倒的な女性原理」——うむ。なんていうか、いまこれをXに投稿したりしたらとても物議をかもしそうだ。

このくだりが何を言わんとしていたかは、不思議とわかった。とりあえず主語を小さくしながら解説すると、まず、ぼくは新たな道を踏み出すにあたって、なんらかの啓示を求めていた。そして、このときぼくは自分で自分を見切っていて、啓示は「自意識の鏡」の外、すなわち他者の言葉のうちにこそあると考えていた。

ちょうどそのころ、「家庭的な女を紹介する」と社長に言われ、でもぼくは女性が家庭的である必要を感じていなかったので、そういう旧態依然とした男性社会的な言葉に鼻白んだ。それで、坊主憎けりゃ袈裟まで憎いというやつで、男性的な何もかもが嫌になったというわけだ。

最後の段では、人間が一人でいることの強さを再認識しつつ、他者とつながったり他者に啓示を求める矛盾について、なんらかのジンテーゼを試みていると思われる。具体的には、自分の想像力の及ばない領域を女性原理に求めることによって。

現在のぼくの考えでは、男性と女性は別に変わらず、したがってここにある男性原理、女性原理云々は誤謬ということになる。より正確を期すならば、ぼくは「現在のぼくの考え」を、いい子ぶったおためごかしではないかと疑っていて、その一方で、男性原理、女性原理、といった概念に対しては強い反発心がある。よりソウルがあると思えるのは、昔のこの日記のほうだ。しかし、ソウルがあればよいというものでもない。

十一月四日――「アメリカを舞台に、『ドグラ・マグラ』と『HUNTER×HUNTER』を足して二で割ったような音楽小説」は、ペダントリーとエモーションを往復しながら千枚近くに及び、はっきり言うと失敗作になった。少なくとも新人賞にひっかかるようなタイプの作にはならなかった。ここから要素の七、八割を削り、場面を入れ替えて起承転結をつけ、全部書き直してエンタメ化を試みたのが、のちに発表された『アメリカ最後の実験』という長編になる。

さて、この日記が投稿された三日後、新たな日記がポストされている。

＊

ロメロゾンビのいない夜（二〇〇六年十一月十五日、mixi、宮内二十七歳）

11/8

ぼくには啓示的な一言だった。

「あのころはまったくの自由で、人もいくらでもそうなりうるのだと思っていた。当たり前のように人は強く、みな一人生きているものだと思っていた。それが原動力だったし、まさか、自由にさせないほうがいい相手がいるなんて、思いもしなかったんだ」

文脈を省いてしまうが、だいたいこんなことを喋った。「子供っぽい」とか「自己満足じゃない？」とか「人を救おうとかいうのがまず浅はか」とか言われると思っていた。それで小さく救われたく思う、倒錯した、あさましいが無理からぬ計算。

返答は想定とはだいぶ違った。

「それ、いずれきっと取り戻せるよ」

11/11

めいっぱい親戚同士が集まって、うち四名の誕生会。叔父夫婦と従兄弟の妻と従兄弟。おまえんとこでも誕生会を開けよと祖母が母に詰め寄る。身体もよくなったんだからさ、悠介ちゃんが可哀想じゃないの、いいからやんなさいよ、死んでもやれっての……ぼくはぼくで、こういう温かいが想像力を奪う催しを嫌がっている。それに挟まれ、母の肩身はいつも狭い。ベランダに逃げて煙草を一服、母親を呼んだ。おかげで、久しぶりにぽつぽつと話すことができる。話すべきことを、やっといろいろ言えた気がする。

終電前、呼ばれて馬場のバーへ。元彼女が今彼を紹介してくれる様子。彼女は毎晩のようにそこで飲む自身を「アル中」と呼ぶ。居合わせた後輩にジャズピアノのおすすめを聞いた。いま練習しているのだが、実際ある程度聴いているのはエヴァンスとパウエルくらいなのだ。そのうち、この世への興味がつらさに負けた。結局、その彼が到着するより前に終電で家路についた。

酒を飲んでいるときの彼女がぼくは好きじゃなかった。明るく自信に満ち、ゆらぎが、陰影が薄れていく。目から想像力の火が消える。頼もしいあばずれへ。彼女は別人になれる。ぼくの作り手としての耳は、どうしてもその奥に、もう一人の彼女の悲鳴を聞いてしまう。幻聴のようなものかもしれない。でもそのもう一人を、ぼくは心から愛していた。

11/12

元先輩からエッシャー展の誘い。「えー、これからウィッグ買いに浅草橋行くんですよ。むしろ文学フリマ行ってみません?」と逆に誘ってから浅草橋「ゼファー」へ。「仕事用に落ちついた感じのありません?」「何のコスですか?」「ええと」とまあ、買い物にうきうきしながら秋葉原へ。後輩たちの出展を見に行ったが、マーケットはもう終わった後だった。梱包後なのに売ってもらう。ぱらぱらめくってみて、まだ書いてんだなあ、と思った。

文芸サークルにいた。

そのころ、ぼくはこう思っていた。おまえらみんな、口では偉そうなこと言って、批評して、理想語って、冷静に現実見てるふりして、結局みんなどうせ全員書かなくなるのさ。人の脳を舐めるな。人間ってのは結局、現実世界に満たされてしまうようできている。ましてや、ハンパに夢に関われる仕事ならなおさらさ、……

四年次のとき、ぼくはサークル誌に「アーリーワークス」と題したミステリ短編を載せてもらった。題は少年犯罪の暗喩で、半分真相をばらしている。真意はそのまま、初期短編。四年次でこの題をつけることが、ぼくにとって精一杯の反撃、皮肉だった。実際は、ぼく以外のほとんどは就職浪人で五年次へと進級した。外した、とぼくは思った。

11/14

近くのスタジオでそこの元店長の送別会。アメリカに渡るというので、記念に五ドル札を贈った。「これでビザなしで国境を通れるようになれば、一人前のバックパッカーだ」「いやミュージシャンだから」「そだっけ」

そいつは「金が貯まらない」「冬のNYは寒い」とかいろいろ言って日程を延ばしている。人の真似をして、行き先や目的がころころ変わる。もどかしく、でも愛されている人物。ぼくはこっそり思った。ぼくだって、日本を出る出ると言って半年くらい金が貯まらなかった。目的だってあってないようなものだった。だってこの世のことなんて、ほんとはだいたいわかっているんだから。でも世界に音楽があるように、ぼくは行かねばならなかったのだ。

経験のみを信じるやつも、思考実験のみを信じるやつも嫌いだった。

なぜなら、経験は思考を止め、視野を狭めるためにこそ存在する。広く思考を積み重ねるだけで最適な結論を得られるようには、人間の脳はできてはいない。経験を拒否するということは、脳の性能限界というものに目をつむっている。何を作るかは、どう視野を狭めるかだ。でも経験が積もれば、それは老醜なのだ。……なんだっけ。そうだ、店長の話だ。

負けるな、と思ったのだ。「早く行けよ」と嘲笑(あざわら)うやつより、ぼくは断然、きみの方に人間的魅力を感じる。

＊

十一月八日――現金なことに、さっそく啓示を得ている。とりあえずわからないのは、「小さく救われたく思う、倒錯した、あさましいが無理からぬ計算」というフレーズだ。あいかわらず、意味不明なときのほうが面白い（職業作家としてどうなのだろう）。とはいえこれはまあ、責めてもらうことで楽になろうとする、そういう心理状態を指しているのだと思う。ちなみに、この日のことは憶えている。場所は高田馬場の居酒屋。相手は後輩女性で（女性原理！）、何かと芯を食ったことを言っては、ぼくの精神をよみがえらせる手助けをしてくれた。

十一月十一日――前半の誕生会はどうでもいいが、「温かいが想像力を奪う催し」というくだりは、わかる人にしかわからないだろう。要は、親戚の集いというやつは、温かいかもしれないけれど、その圧倒的な「世間」っぷりにより、小説的な想像力を殺すのだとぼくは考えていた。最近の考えは少し変わってきているのだけれど、とにもかくにもそういうことになる。

問題は後半部分だ。ここは、いっそのこと消して、なかったことにしようかと真剣に悩んだ。かなり恥ずかしいからだ。書かれていることの意味はだいたい通じると思うので、ここはいったん、問題点の指摘に徹する。
「元彼女が今彼を紹介してくれる」——そういうやつは、たぶん断ったほうがいいだろう。「この世への興味」——別れた相手への未練を、あたかも創作者としての好奇心のように偽装していないだろうか。「酒を飲んでいるときの彼女がぼくは好きじゃなかった」——過干渉。「どうしてもその奥に、もう一人の彼女の悲鳴を聞いてしまう」——相手に幻想を見出し、その幻想を相手に押しつけるのはあまり感心できない。……と、一通り現在の価値観をもとにつっこみを入れてみたものの、正直に言うならば、ぼくはこの一連の記述に、完全には否定できないなんらかの真実があると感じている。

　十一月十二日——ここで買っているウィッグは、取引先に行く際に赤く染めた髪を隠すためのもの。大学四年生のときに書いた「アーリーワークス」なる短編は、サークル内でしか発表していない。この前後の記述、「文芸サークルにいた」以降はおそらく不明瞭なので、以下、現代語訳を。

つまり、就職してからも小説を書きつづけられる、夢を追いつづけられると考えている作家志望を、現実が見えていないと学生のぼくは考えていたわけだ。なぜならば仕事というものにはどうしてもやりがいが生じて、小説など書かないほうが楽になるだろうから。「ハンパに夢に関われる仕事」は、ずばり出版業界を指している。

したがって、自分は急いで就職せず、書きつづけようと決めていた。小説を書いていられた学生時代を、ちょっといい思い出として、創作をやめたりもしないとも。だから、サークルで最後に発表する短編に、「初期短編」を意味する題名をつけた。が、就職氷河期であり、その結果、就職する気のなかったぼくが就職留年組よりも一足早く卒業することになり、なんだか思ったのと違う形になったわけだ。

そして、学生のころそういうふうに考えていたからこそ、二十七歳のこのとき、当時の後輩たちが就職したそのあとも小説を書きつづけて文学フリマに出品しているのを見て、自分が間違っていたと気づき、目を覚まさせられたということだ。

十一月十四日——五ドル札を渡して、「これでビザなしで国境を通れるようになれば、一人前のバックパッカー」というのはつまり、五ドル札を賄賂としたビザなしの陸路越境を指す。というか本当は、海外へ行くというその知人がいまひとつ煮え切らない態度だったので、背を押すつもりで五ドル札をプレゼントしたのであった。

途中、「だってこの世のことなんて、ほんとはだいたいわかっているんだから」とある箇所は、解説を要するだろう。別にぼくはこの世のことをだいたいわかっているとは、当時もいまも思っていない。そうでなくこの一文の意味は、こういうことなのだ。

海外経験を通して何かが得られるというのは幻想で、基本的に、人はもとからわかっていることしかわからない。そういう理性の声がまずある。それと同時に、海外経験に意味はあるのだという信念がある。だから、「ほんとはだいたいわかっている」という露悪をクッションにして、二つを強引に両立させようとしているわけだ。ぼくはこれまでかなりの回数、旅をする理由について「視野を狭めるため」だとインタビューの類いで答えている。それも同じ理由で、実際ここにも、「視野を狭めるため」という一文がある。

つづくだりは妙に晦渋なので、ここも訳しておこう。つまりこうだ。理屈や論理を積み重ねていい結果を得るには、人間の脳はワーキングメモリが足りない。だから経験というショートカットを随時挿入して、論理を飛ばしたほうが効率的な結果を得られやすいし、現に多くの人はそうやって生きている。だから経験は軽視できない。しかし経験だけでもいけない、とまあそういうことだ。経験を軽視し、知と想像力を称揚する、そういう空気が周囲にあったから、こういうことを書いたのだと記憶する。

「嘲笑うやつより、ぼくは断然、きみの方に人間的魅力を感じる」

これはいまも考えが変わらない。旅へ出ると口にしながら何かと先延ばしにしたり、結局行かなかったりする人は実際多い。それは確かにみっともないかもしれない。でも、それを嘲笑う人よりはいいに決まっている。そう思うのはもちろん、ぼく自身が指さされ、嘲笑われてきたからだ。

そういえば、ブルースカイという二〇一九年にできたSNSが最近招待制ではなくなったので、せっかくなのでぼくもアカウントを作ってみた。そこに最近投じたポストが、以下の通り。

唐突にどうでもいいことを思い出す。二〇〇八年くらいかな。大塚駅付近の雀荘で「行ってミルク！」「チッチキチー！」とか大声で発声しながら麻雀をエンジョイしてる人（たぶん常連さん）がいて、なんていうかとても微笑ましかったのだけど、あの人元気かな。（二〇二四年四月十六日）

ちなみに同じ店にセットで入った同僚は、そのおっさんのことをあとですごく馬鹿にして、真似とかしてて、それにすごく抵抗があった。ストレンジな人がそういうふうに馬鹿にされることなく明るく楽しんでいたあの空間がぼくは好きだった。（二〇二四年四月十六日）

先頭を切ってストレンジでありつづけたい。すべてのストレンジな人のために。

6. 修行僧時代

ここまで二〇〇〇年代後半、二十代後半に書かれたブログやｍｉｘｉの日記を取り上げてきた。なぜ二〇〇〇年代後半なのかというと、特に熱心に日記を書いていたのがその時期であったからなのだけれど、疑問に思ったかたもいることと思う。

つまり、それより前に日記は書いていなかったのか。

もっと昔の記録はないのか、と。

パソコン通信を経て、インターネットが一般に普及したのが一九九五年くらい。ウインドウズ95が標準でインターネットに対応したのに加え、テレホーダイなるサービスによって、深夜から早朝にかけて、電話回線を介して定額でネットに接続できるようになった。阪神・淡路大震災や地下鉄サリン事件があったり、ＴＶ版の「新世紀エヴァンゲリオン」がはじまったりしたのもこの年だ。と、この勢いで軽率に一九九五年論を書いてみたくなってくるけれど、嫌な予感しかしないので自重して話を進める。

当時ぼくは十六歳。

普通に高校生活をエンジョイし、ご多分に漏れず、二十三時の「テレホタイム」を待ってインターネットに接続し、熱心にチャットやら情報収集やらをしていた。だから、だいぶ多感な時期にインターネットの普及を迎えたことになる。そしてそれはブログやmixiといったものよりも前、個々人がウェブサイトとかを作っていた、いわゆるウェブ1・0時代にあたる。ではそのウェブ1・0時代、ぼくはウェブサイトを作ったりはしていなかったのか。

答えを言えば、あった。

調べたところ、二〇〇〇年の一月四日、ちょうど二十歳のときにウェブサイトを開設したようだ。いや、このウェブサイトという呼びかたはどうもしっくりこない。当時はみんな、ホームページという垢抜けない呼びかたをしていたはずだ。そのホームページに、ぼくは自作曲を載せたり日記を書いたりしていた。

このころのデータとなるとさすがにほとんど残っていないが、部分的にバックアップがあった。日付を見ると、フリーターをやりながら海外旅行の資金を貯めていたころのものだ。二十代後半の憂鬱な感じはなく、全体的に明るい。というよりも、失うものがなくて無敵という感じだ。

では、さっそく見ていこう。

＊

日記（二〇〇一年十月一日、ホームページ、宮内二十二歳、以下同）

ここ十日ほど異様に部屋が寒い。ということで、ついに本格調査を開始しました。そして三秒で解決。窓が開いてます。

日記（二〇〇一年十月五日）

銭湯を上がったところでFさんより電話。「いまから新宿出て——ますか」「えっと、その」「ア——さんも来てるよ」「え?」「西口の東——って飲み——得るものはあると思う」電波が悪く聞こえにくいが、とりあえず最後の言葉を信じ、たぶんここだろうと新宿の東方見聞録へ。店につくと、Fさんのほかは見知らぬおっちゃんが二人。はて。

「宮内と申します」「あ。こちら東浩紀、伊藤剛」——おい。

日記（二〇〇一年十月七日）

不味（まず）いけどついつい行ってしまう近所の中華屋へ。どんな店かというと、冷し中華にプラス五十円でビーフカレーがついてくる。今日はここではじめてラーメンに挑戦。待つこと二、三分、それは届きました。

ワカメ！

メンマ！

ナルト！

これは夢にまで見た「漫画のラーメン」！　なにやら世界の秘境を一つ踏破した気分に。

その後、Sと二人でバイトの早番↓遅番。双方ともにバカであるためか、めったにコンビを組ませてもらえないので、ここぞと存分に日頃の愚痴を飛ばし合う。おりしも外は高田馬場祭りの真っ最中。笙の笛とバスドラムの低音が響いてきます。

「なんかサンバもやるらしっすね」「そだね。楽しそう」「早稲田の女子学生とかも出るみたいですよ」「いきたいな」「そっすね」「いきますか」

＊

楽しげな雰囲気が伝わってくる。

十日間窓を開けっぱなしにしていたという部屋は、六畳間の風呂なしトイレ共同の物件で、場所は西早稲田、家賃は三万五千円だった。バイト先はその近所にあった暇そうな某店で、ほぼ最低賃金だったと記憶する。でも、仕事中に本を読んだり小説を書いたりできそうだということでそこを選んだ。

そしてなんと東浩紀さんや伊藤剛さんとお会いする機会を得ていたようだ。そういえば漠然と覚えている。その後、けっこう深い時間までご一緒したはず。でも、ぼくは社交性ゼロのフリーターであったので、先方の記憶には残っていないだろう。

十月七日には祭の音楽にひかれて店番を一時放棄している。一応言いわけをしておくと、常に人がいなければならない店ではなく、食事とかは抜け出して食べに行ってもいいような緩い感じで……いや、言いわけは無理だ。ごめんなさい。

＊

日記（二〇〇一年十月十四日）

午後の日差しを受けて目を覚ます。

呼吸は深く、海に入った余韻のように、重く後からついてくる。時間が止まっているようだ。

日記（二〇〇一年十月十五日）

店番中、パソコンに向かおうとするが、電源コードを忘れている。客は一人も居ない。しかたなしにソファに座り、ベランダごしに外を見る。

ブーンと音をたてて上空を飛行機がすぎる。

雲がゆったりと動いている。日がかげり、また射す。工事現場のクレーンが鉄材を運んでいる。鳥がとんだ。昇りきった日が傾いていく。それを記述する自分はいない。

日記（二〇〇一年十月十六日）

夜更かしが好きな子供だった。

といって、部屋にこもってすることもない。ただ新鮮だったのだ。生きて知覚するだけで楽しかった。より長くいつづけたかったのだ。

いまもそうだ。わはは。恐れいったか。

＊

このあたりは、いま振り返ると興味深い。たとえば、こうした文章がXなどに投稿される様子は、あまり想像できない。現在であればほぼ書かれないような、そういう余剰の部分が扱われていることがわかる。それからもう一つ、精神のありようだ。当時、透徹した精神のようなものを目指し、実践を試みていたことが読み取れる。

「それを記述する自分はいない」の一文は説明を要するかもしれない。

ぼくは小説を書きはじめた高校生のころから就職するまでのあいだ、身の回りの音や匂いや出来事を、常時、脳の片隅で文章に書き起こしながら生きていた。一種の文章修業でもあり、物事を客観視したい気持ちからやっていたことでもあった。でも、常にそうやって筆を走らせる自分というのは、透徹した精神を目指す上では邪魔になる。だからこの日、この時間、「記述する」のをやめてみたということだ。

最後に「恐れいったか」とある箇所については、過去の自分に向けて、恐れ入りましたと言うしかない。いまはそうではなく、日々に追われているからだ。でも二十二歳のこの時期、こういう時間があったことは現在につながっているかもしれない。

＊

日記（二〇〇一年十月二十一日）

部屋で着替えていると、がちゃりというドアノブの音とともにFさんが訪れる。「きゃー」「うわー」とまあ、双方ともにヘコむ。「ラブコメ運というのがあれば」F

さんいわく、「一年ぶんほどを使ってしまったに違いない」

日記（二〇〇一年十月二十五日）

「一風堂」でラーメンを食べていると、後ろから聞こえてくる音楽がふいにイメージとなって立ち上がってくる。後ろのジャズマンたちの演奏を見ようとして振り向いた。

本当に振り向いたのだ。

夢の種のようなものが立ち現れては消えていく。そのくせ集中力があり意識は清明だ。

日記（二〇〇一年十月二十九日）

同僚が『夢の涯てまでも』の文庫本をかしてくれる。

「昔すごく好きだったんだけど、前の彼女にあげちゃって」

その後、絶版になって手に入れることができなかった。それを先日、ブックオフで買うことができた。だから早速、自分にかしてくれるとのこと。

そうそう。本とはこういうものだ。

特に盗られるものもないので、部屋の鍵を開けっぱなしにして暮らしていたら、ラブコメみたいな事態が発生した。ラーメンのくだりはメンタルヘルスの症状のようでもあり、何が起きたのか思い出すのに時間がかかった。このころのぼくは精神を研ぎ澄ますことに懸けていたようなところがあって、その結果、五感が冴えてこういうことが起きたというわけだ。

＊

重要なのは二十九日の日記だろう。

背景としては、ぼくやその周囲の本読みのあいだでは、どういう本を好むかが自己表現であったり、あるいは感想であえてひねったことを言ってみたりと、読む行為と自己愛がわかちがたく結びついているケースが多かった。文化系、とりわけ文化系サブカルキッズにありがちなあれだ。ぼくはそういう自分を打ち壊したいと考えていた。

だから、アルバイトの店番中に起こったこの一件がぼくにとって大きかったのだ。

＊

書名

Q1. この本が刊行されたことをなにで知りましたか。できるだけ具体的にお書きください。

Q2. どこで購入されましたか。

1. 書店(具体的に：　)

2. ネット書店(具体的に：　)

Q3. 購入された動機を教えてください。

1. 好きな著者だった　2. 気になるタイトルだった　3. 好きな装丁だった

4. 気になるテーマだった　5. 売れてそうだった・話題になっていた

6. SNSやwebで知って面白そうだった　7. その他(　)

Q4. 好きな作家、好きな作品を教えてください。

Q5. 好きなテレビ、ラジオ番組、サイトを教えてください。

■この本のご感想、著者へのメッセージなどをご自由にお書きください。

ご職業　性別　年齢

10代・20代・30代・40代・50代・60代・70代・80代〜

郵便はがき

料金受取人払郵便

小石川局承認

1144

差出有効期間
令和8年3月
31日まで

1 1 2-8 7 3 1

〈受取人〉
東京都文京区
音羽二―一二―二一
㈱講談社
文芸第一出版部 行

ご購読ありがとうございます。今後の出版企画の参考にさせていただくため、アンケートにご協力いただければ幸いです。

お名前

ご住所

電話番号

このアンケートのお答えを、小社の広告などに用いさせていただく場合がありますが、よろしいでしょうか？　いずれかに○をおつけください。

【 YES　NO　匿名ならYES 】

＊ご記入いただいた個人情報は、上記の目的以外には使用いたしません。

TY 000072-2401

日記（二〇〇一年十一月十一日）

代々木公園のピースウォークに参加。

やるならやるで確信を持つべきなのだが、照れに照れつつ何キロかを歩く。車道を歩くわけなのだけど、駐車してある車の陰に入るたび、ほっと一安心する。いやはや。こういったものを笑い飛ばすのも文化だが、参加して歩くのもまた文化。そのバランスが著しく崩れているのはよくないと考えます。

終了後、そのまま公園でキノコを食っている二人と合流。

日記（二〇〇一年十一月十三日）

バイトを終えて、友人の歌うバンドのライブへ。

「順番、一番最初に決まったから。遅れないでね」「了解」

腹ごしらえしようと立ち寄ったマクドナルドで、高校の友人と再会。幸先オッケー。友人はレジの女の人と知り合いらしく、なにやら二、三言かわしている。「今日は学校？」「ん」「——さんがいるからでしょ？」とまあ、なにやら恋を応援されている様子。まるでその相手の顔の浮かんでくるよう。

ライブハウスには早めに到着。ステージに上がった友人は普段着で、やや地味ながらも、テンションの上がる曲を歌う。出番が終わったところで、外に出てボーカルとその彼女と店の前でビールを飲む。「ちょっと失礼」と向かいの古本屋で本を購入。その後、バンドメンバーの打ち上げに図々しく朝まで同席した。

酔った友人が自分に向けて、「宮内はたぶん、奥底ではロックは軽いと思っている」

そうかもしれない。

「だから俺は死ぬしかない、やってることは軽薄でも、自分はそれに死ねるぞと」

日記（二〇〇一年十一月十八日）

ツレというか相方というか主人に誘われ「向ヶ丘遊園」へ。

「閑散としててノスタルジック。気に入ると思う」「行く行く」とまあ。

着いてみるとなんとも大雑把な遊園地で、剝げかかったペンキの看板を見た瞬間から素直に気に入ってしまう。メリーゴーラウンドあり庭園あり、バラ園があり老人会かなにかの菊の展示があり、ジェットコースターがあり温室がありソバ屋があり、裏に入ればお稲荷さんの祠まである。夢を見終えたその記憶の残滓のような印象。

近々なくなってしまうらしいのだが、見終えて帰るころにはそれが悲しくて仕方がない。

このときのピースウォークというのは、二〇〇一年アフガニスタンでの戦争に反対するデモだったはず。確信を持てないままデモに参加しているくせに、デモというものの受け取られかたに物申しているあたりはご愛敬。キノコというのは当時合法であった幻覚茸、マジックマッシュルームのこと。「代々木公園のピースウォークに行くわ」「じゃ、おまえが歩いてるあいだ公園で茸食ってるわ」みたいな、そういうやりとりがあった。

十三日にライブをやっていた「友人」とは、いまも親交がある。社交性がなく、悪い意味で高踏的なぼくにだって、こういう話をしてくれる友はいるのだ。

「ツレというか相方というか主人」というのは、当時交際していた女性を指す。どういう呼びかたをするのが政治的に適切なのかわからず、こういう記述をしている。最終的に「主人」という表現をひねり出したのは、二〇〇一年というこの時代においては、まずまずではないだろうか。

文化系サブカルキッズであることから逃れ、世界の実相に迫ろうとする試みはこのあともつづき、旅行資金が貯まった翌々年には、アフガニスタンそのものへ行くことになる。

7. 妄想のなかの敵と戦う

昔の日記を扱うと決めたはいいものの、どれを取り上げるか。とにかくアホほど書いてきたので量だけはある。過去の自分のどこにそういうモチベーションがあったのかはわからない。たとえば編集さんの目に留まることを期待していたとか、そういうものではたぶんない。そもそも読者がほとんどいなかったし、それを増やそうと努力した痕跡も見られない。というより、むしろ自分を変えないことに意固地になっていた様子がうかがえる。そのくせたびたび情緒不安定になっていたりもする。

書きはじめるにあたっては、三日くらいかけてだいたいすべてに目を通し、使えそうなやつを抽出するとともに分類を試みた（ぐったりした）。まず目立つのは「モノ申す系」だ。数としては多くないのだけれど、匿名で、かつ失うものも特になかったので全体的に火力が強い。案外、いまのXとかであればバズったり炎上したりしたかもしれない。しかしそれを友達同士がつながるｍｉｘｉとかでやるわけだから迷惑きわまりない。この系統はすでにいくつか扱った。

それから直感系。その日の直感やひらめきの類いを開陳するものだ。しかしエッジの立った箴言や本質論、文学的ななにがしかを書こうと前のめりになりすぎて、説得力を持たせるための外堀を全然埋めないというか、ロジックを三つ四つ平気で飛ばして結論のかっこよさを優先したりするので解読がとても難しい。なんらかの野心が背後にあったことは察せられるが、その野心の向かう先が全然わからない。これはこれでいずれ扱うかもしれない。

案外に多かったのが、漫画の感想だ。ぼくはサブカルチャーからヒントを得ることが多いため、会社員になって自由に扱える金が増えたころには、ほとんど手当たり次第に漫画を買っていて、ときおり十冊とか二十冊とかまとめて感想を上げていた。問題は自分の審美眼をまったく疑っていなかったことと、それから文化系サブカルキッズにありがちな皮肉やあてこすりが多かったことだ。このへんはとりあえずお蔵入りとし、そのうちネタに困ったら使おうと思う。

詩。これは以前にもご紹介した。ぼくは二十代のころにときおり詩を書き、その後、三十代になってからはときおり短歌を詠んでいた。なんとなくだけれど、そういう人はわりと多いんじゃないかと思う。作風としては高踏的で、作りものめいた感じがする。ちなみにこのあいだ、妻が詩の講座に通っていた際に、そういえば最近詩を書いていないなとふと思い立って書いてみたところ、自分でもびっくりするくらい下手になっていた。

次に夢日記。ぼくはかなり積極的に夢日記を書いていたほうだ。大竹伸朗の夢日記が好きだったからというのもあるけれど、文章修業という側面もあった。つまり、ロジックの通らない夢という代物を、どこまでごまかさず正確に、かつ読みやすく記述できるかが文章の練習になると考えたわけだ。「誰かの夢の話ほどつまらないものはない」という人にこそ面白く読ませることを目標にしていた。これはまあ、扱うかもしれないし扱わないかもしれない。

ほか、効率的な掃除の方法といったライフハック系。いきなりカラーが変わって困惑するが、とにかくそういうやつもあった。単に掃除をした結果として書かれた可能性もあるし、もしかしたら、「いずれ新書にでもして一発当てよう」とかそういう下心があった可能性もある。不明だ。

そして最後に、日常を記す本来の意味での日記。いまになってみると、結局一番価値が感じられるのがこれだ。すでにいろいろなことを忘れてしまっていて、どういう友達がどういうことをしゃべっていたかとかが尊く感じられる。そういう本来の日記を、もっとたくさん書いておけばよかったと思う。ただそれをするには、ぼくはなんていうか人として過剰だった。今回はふたたび、そういう過剰なやつを扱う。

この本の第一回に、

「ミニブログ全盛となったいま、不思議と、逆に理解可能となったような箇所もある。当時想定していた、実際のところ存在していなかった仮想敵が、十五年くらいの時を経て、SNSに跳梁跋扈しているように見えることとさえあった」と書いた、ちょうどそういうやつにあたる。

二〇〇九年ごろ、勝手に想定していた脳内の仮想敵に向けて書かれたものだ。だから当時としてはかなり解読しづらい、意味不明の代物だったと思われる。その後、ぼくが幻視していた——いやそれはかっこよすぎる——ぼくが妄想していたほとんどそのままの言説がSNSに氾濫し、結果、この記事が意味するところはだいぶ明瞭になった。発表が二〇一五年くらいであったら、もしかするとちょうどよかったかもしれない。が、いまの目で見るとだいぶ危険思想を含んでもいる。その点はあらかじめ留意いただきたい。

＊

規制云々についての本音（二〇〇九年四月十一日、ブログ、宮内三十歳）

たとえば何か殺人事件とかが起きた際、まっさきに表現の規制を心配する人たちがいる。それはわからなくもないのだけど、「事件に対して、あなたが思ったのはそれだけなのか?」とも思う。

◇

さて、このごろぼくは一貫して、「規制したうえでこっそり持て」という立場を取っている。でも正直なところを言ってしまうと、感情としては、なんであれ規制は嫌なのだ。かといって、「規制はなんでもいかん」で立ち止まってしまうなら、むしろ規制されていたほうがマシだったという状況にもなりかねない。結局、それが自由のために立ちあがるべき場面なのかという話で、なんであれプライオリティはあるわけで、たとえば大麻規制よりは銃規制の方がよっぽど問題としては大きいはずなのだ。

それはそれとして本音を言うと、

「彼らは大事な問題を脇にどけて、言論の自由やら何やらをダシにして、目先の欲望の充足ばかりを考えていて、あげくのはてには、その欲望と心中する覚悟もない」

もちろんこういう極論ばかりを語っていると、そのうちがんじがらめになるのは目に見えている。しかしたとえば大麻解放運動などは、個人的にひっかかる部分はあるにせよ、少なくとも彼らは戦っている。そして、いま言論の自由が云々と言っている人たちが、同じ状況で同様に戦うとはまったく思えない。彼らはリスクを負わずしてフリーダム・ファイターになりたいだけだからだ。

だいたい言論の自由とは、本来、言論の自由がない状態で身をていして訴えるものではなかったか。ぼくがどうしても気に入らないのは、自らは安全圏にとどまったまま、リスクを負わず、言論の自由が云々などといって、「先人が勝ち取った権利を消費する」人たちなのである。

だからぼくは権利ばかりを訴える人たちはどうかと思う。それは、いずれ権利それ自体を目減りさせるからだ。権利とは、むしろぎりぎりの土壇場でオールインすべきものではないか。必要なのは、あまたある権利のなかから、真に重要な権利を選りわける目ではないのか。

しかしむろんこんな話が通じるわけもなく、彼らは馬鹿の一つ覚えで犯罪抑止効果の話などを振ってくるわけだ。なんで、誰も彼もが、抑止効果などを銀の弾丸のように扱うのだろう？　ぼくが知りたいのは犯罪率の推移ごときではない。大義である。こちらにしてみれば、真によさげな環境が築けるってなら、犯罪率ごとき、どうだっていいのである。

こちらはそういう話こそを聞きたいのに、相手はひたすら、「犯罪率が低い＝幸せな社会」という宗教をこちらに押しつけてくる。結局、彼らは治安のことなど本当はどうでもよくて、目先の欲望の充足しか考えていないのだと思う。自分さえよければいいというのは、一つの考え方ではある。しかしそうであればこそ、訳知り顔で犯罪率の話など持ち出すべきではないのだ。

「このような論を打ち立てる人は、必ずこのような欲望を持っている」／「このような人たちは、必ずきまった数字を持ち出してくる」／「このように展開される論は、必ず運動のための運動でしかない」

そういうパターンというものはある。

もちろん、こんなふうに分類されるのは腹立つだろうが、そもそもパワーを築くとは、覚悟をきめて型にはまることではないのか。そのくせ、はてサヨとかネトウヨとか呼ばれるのは嫌だとか、いったいどんだけわがままなのかと。むしろ、おのれのパターンからおのれを知れよと。

◇

「アムステルダムでは犯罪率が下がったと思ったけど、そうでもなかったみたい!」

ざまあみろである。犯罪率が下がろうが十倍になろうが大麻は文化だというなら、最初からそう言っておけばよかったのだ。それを脇へとどけて、むりやりおのれの欲の部分を正当化しようとするから、泥沼になる。「大麻はヘロインの入口」という踏み石理論だって、まるきり嘘というわけじゃないだろうに。

借り物のデータで物事を正当化しようとするのは、「痩せる薬だから」と言って覚醒剤を薦めるのと何も変わらない。そういうものたちこそ、真の意味で科学の敵ではないか。そうではなくてスピードでなくハッパだからオッケーなんだというなら、だったら最初から理屈などつけるなという話になる。宗教は必要だ。だからこそ、布教の方法を間違えてはならない。大麻が文化であるならば、なおさら無理筋を通して正当化してはいけない。

◇

話を戻すと——自分が真に価値を認めたならば、社会関係がどうあれ、法がどうあれ、心中する覚悟でそれにつきあうもんではないのか。少なくとも「違法になったら持てないじゃん」という人が、真にそのことに価値を見出しているとは思えない。ある意味、彼らが発言するのは欲望のためですらないのだ。そこにあるのは脊髄反射であり、「自由のための闘争ごっこ」以上のものではない。規制が必要なのは犯罪者がいるからじゃない。おまえらがいるからだ。

＊

「この記事が意味するところはだいぶ明瞭になった」と先に書いた。申し訳ない。全然明瞭じゃなかった。そしてまるで別人が書いたみたいだ。というわけで、例によって解読に入りたい。ただ、この記事がどういう対象を想定していたかというその一点については、現在のこのウェブ社会においては、かなりはっきりしているのではないだろうか。いまで言うところの「表現の自由戦士」だ。もちろんそれに近い人はいて、だからこの日記も生まれたのだろうが、当時の自分の観測範囲にそのような概念はなく、それなのにぼくは勝手に想像して既成事実化して腹を立てていた。「フリーダム・ファイター」という既成の言葉を選んでいるのも時代ゆえだ。実際の論旨が妥当かどうかは、あとで検討したい。

まず冒頭。

「事件に対して、あなたが思ったのはそれだけなのか?」

いきなり強火だ。料理がうまくない人にありがちな傾向として、「いつも強火で調理」があると思うのだけれど、これは文章についても言えるかもしれない。とはいえ昨今は誰も彼もが強火であるし、ことこのパラグラフについてだけ言えば、いまXとかにポストしたらそこそこバズりそうではある。と同時に、どういうふうにリプライや引用リポストでおもちゃにされるか、百通り、いやそれは嘘だ、二十通りくらいは想像がつく。虚しい。内容面で補足する点はないというか、いま現在も、まああこのように思っている。

つづくパラグラフがややこしい。スタンスも文章も、論理も性格もすべてがややこしい。「めんどくさいやつだな」って思う。以下、しばらく我慢しておつきあい願いたい。

「規制したうえでこっそり持て」については、確かにそういうことを言っていた記憶がある。いっときというか、わりと長いあいだ、ぼくはそれを持論としていた。この箇所で想定しているのは、規制されていないけれど微妙なもの、たとえば犯罪行為の描かれるポルノの類いだ。というのもぼくは「おおやけに認められた上で罪悪感なしに何かをやりたい」という要望が昔から苦手というか、いや正直になろう、昔から嫌いで、なんだったら子供時代に村でも焼かれたのかってくらい憎んでいた。

なんとなれば、信念があり、それをよしと思うならば、規制されたくらいで諦めたりせず、地下に潜ってでも絶対につづけるべきであり、逆に規制された程度で手放すのであれば、それは実際には必要でなかったか、信念がなかったか、あるいはその両方かなのであって、である以上、規制の有無はさしたる問題ではない。そしてまた、「おおやけに認められた上で罪悪感なしに何かをやりたい」というのであれば、その行き着く先には、犯罪率の低下とかとは別の次元においてなんらかの喪失があるに違いなく、そこに「むしろ規制されていたほうがマシだったという状況」は起こりうる。……とまあ、そんな感じの意味あいなのだけれど、これはいまの自分の考えとは違う。まず、人はそこまで強くなれない。あと法は大事。

つづく「なんであれプライオリティはあるわけで、たとえば大麻規制よりは銃規制の方がよっぽど問題としては大きい」というのは、つまりは、人間がすべての闘争を同時に行うことができない以上、ポルノとかの自由にリソースを割くよりは、より大いなる人間的な自由のために立ち上がるべきではないのかということだ。これは決まって論争を呼ぶあれ、「おまえらはポルノの自由が欲しいだけではないのか」「いやそうではない」の問題にも通じる。この件についての現時点での結論はあとに回したい。

と、一つのパラグラフを説明するのに三つのパラグラフを要してしまった。

これは単純にぼくの説明が下手だったというのもあるけれど、性格がかかわってもいる。というのもぼくは、人は誰かを相手に話をするとき、相手の知力を自分と同じかそれ以上に見積もるべきだと考えているふしがあるのだ。つまり誰でもわかっているような当たり前の説明をするべきではなく、そして自分が考える程度のことは相手も考えていて、自分が知っている程度のことは相手も知っていると想定するのが、あるべき他者への敬意であって、かつまた他者も自分に対してそのようにふるまうべきであると。性格というか、ここまで来ると病気だと思うので直そうとしているのだけれど、いまもときおりそういう一面が出てきてしまうことはある。

閑話休題。

日記中で本音とされる部分、「彼らは大事な問題を脇にどけて、言論の自由やら何やらをダシにして、目先の欲望の充足ばかりを考えていて、あげくのはてには、その欲望と心中する覚悟もない」については、内容が妥当かどうかは別として、説明の必要はないだろう。この先だ。

「大麻解放運動などは、個人的にひっかかる部分はあるにせよ、少なくとも彼らは戦っている。そして、いま言論の自由が云々と言っている人たちが、同じ状況で同様に戦うとはまったく思えない。彼らはリスクを負わずしてフリーダム・ファイターになりたいだけだからだ」

いまこれをポストしたら炎上するんだろうなって思う。とにかく危険な香りがすごい。しかし実際のところ、これとまったく同じことを感じることはいまもある。ただ、ここで言わんとしていること、つまり「皆が皆、自由を求めるということ以上に、フリーダム・ファイターであることそのものに倒錯した快楽を見出している」という訴えは悪い意味で主語が大きすぎる。確かにそういう人はいるかもしれない。でも、そうではなく理念で動いている人もいる。これは現代の情報環境が可視化した部分だ（なお、主語が大きいことそれ自体は絶対悪ではないと思っていて、これについてはそのうち書くかもしれない）。

……と、取り上げた日記も強火、それに対する解説もなんていうかハイカロリーで疲れてきたので、唐突に子供のころ飼っていた猫の話をする。名をコロネといった。キジトラで、太陽コロナを思わせる模様が脇腹にあったので最初はコロナとなり、「かわいくない、それならコロネパンであろう」というふうにぼくが一文字変えた。勝手にふすまを開けて部屋に入ってくるので困った。思春期のぼくはふすまを開けられるのを好まなかった。それでつっかえ棒をしたところ、コロネは少しずつふすまの紙の部分を掘り進み、穴を開け、こちらに手を出し、やがてもっと大きな穴をあけて室内に突進してきた。

話を戻す。

「だいたい言論の自由とは、本来、言論の自由がない状態で身をていして訴えるものではなかったか」――この種の主張は、いまはもうあちこちで言われているし、そしてまたそれへの反論も多々あり、つけ加えられることはあまりない。二〇一五年くらいであれば、もしかしたら有効であったかもしれないと思う。むしろ厄介なのはその次、「権利ばかりを訴える人たちはどうかと思う。それは、いずれ権利それ自体を目減りさせるからだ」という箇所だろう。「権利とは、むしろぎりぎりの土壇場でオールインすべきものではないか。必要なのは、あまたある権利のなかから、真に重要な権利を選りわける目ではないのか」とつづく箇所もそう。

ここがたぶん、今回、一番問題となるところだ。

ぱっと思いつく反論としては、たとえばこう。権利は天賦(てんぷ)のものであって、そしてまた重要な原則であるからして、目減りとかそういうことは起こらないし、起こってはいけない。権利をカジノのチップのように扱う世界観は前提から間違っている。エトセトラ。

今回の日記のこのくだりは、いまの自分には受け入れにくい。権利や自由といったものをカジノのチップのように扱うということは、つまり本来ならば平等に与えられるべきさまざまな事柄について、そのプライオリティを各人が恣意的に決めるということだ。先ほど「この件についての現時点での結論はあとに回したい」とした優先度の問題、どの闘争を選ぶかの件もこれにあたる。

ぼくが間違っていたのは個々の問題の優先度が自明のものだと考えていた点で、しかし実際は、自明でない領域において、優先されない人や物事が発生することになるだろう。したがってこれについては、優先度という考えかたそれ自体がまずよくない。ただ、バックラッシュが起きた結果として戦前みたいになってしまったら元の木阿弥なわけで、その点で、権利や自由といったものを限りある資源のようにとらえているところは、いまもまったくないわけではない。

ここからも握りこぶしがつづく。

「ぼくが知りたいのは犯罪率の推移ごときではない。大義である」とあるあたりから、「しかしそうであればこそ、訳知り顔で犯罪率の話など持ち出すべきではないのだ」のあたりまでは、妙なアジテーションの力があるというか、少なくともどういうことを大事に思っていたのかは伝わってくる。でもいかんせん、いろいろなことをこうと決めつけすぎている。むしろ興味深いのはつづくパート、「そういうパターンというものはある」のあたりかもしれない。単に直感を語っているだけのこの部分がこうも自信たっぷりなのは、つまりは当時ぼくが文学的直感のようなものを信奉し、物事の上位に置いていたことに由来する。それがよいことなのか悪いことなのかは、正直なんとも言えない。

「パワーを築くとは、覚悟をきめて型にはまることではないのか」についてはこれでいい。「そのくせ、はてサヨとかネトウヨとか呼ばれるのは嫌だとか」云々は少し古くて、というのは、かつて人々はこういうふうにラベリングされることを嫌っていて、対してここ十五年くらいの変化として、積極的に自分自身にラベリングをする人が増えたように見えるからだ(ちなみに「はてサヨ」とは何を意味するのか歴史的な証言をしておくと、はてなダイアリーというブログサービスがあって、それを用いるリベラル界隈がかつてこのように呼ばれていた)。

「アムステルダムでは犯罪率が下がったと思ったけど、そうでもなかったみたい!」と「ざまあみろである」は単に脳内にいるフリーダム・ファイターへのあてこすりで、それはここまで読んでくださったかたならわかると思う。確かこのころ、大麻を非刑罰化したことによって犯罪率が下がったとされていたのが、実際のところそうでなかったらしいといったデータが出てきたのだ。何を大事に思うかを脇に置いて、利用できそうなデータを利用してそれに依存してしまうと、こういうときに困るよという話。これはまあなんだってそうだろう。

最後のパラグラフは、ほぼ、ここまでのくりかえしになっている。

まず、それが好きなら規制されようとも地下に潜るなりなんなりしてやれという話。現在は法治の価値を認めているので頷くことはできないが、言いたい気持ちはわかる。そしてふたたび、「フリーダム・ファイターであることそのものに倒錯した快楽を見出している」人々への言及がなされる。これを敷衍して、自由を求めることそれ自体を批難しているのは問題だ。そうでなく、ぼくは単にこういう倒錯があると指摘するに留めておくべきであった。それができなかったのは、大きいことを言いたいという見栄があったからではないだろうか。何かを看破してはいて、そしてそれに先見の明がまったくないわけではないのだけれど、それを無理に敷衍したり話を広げたりして全体として間違えているというのが、今回の日記の印象だ。

それにしてもつくづく思うのは、この日記が当時ほとんど読まれていなかったのは幸いであったということだ。しかしここにある妙な勢いや、内容的には間違っているはずなのに存在する謎の説得力めいたものには考えさせられるものがある。持たざる者の叫びが感じられる。正直、いまの目にはほとんど赤の他人の文章だ。問題を含んでいることも、再三指摘した。

でも白状すると、昔の自分を笑いものにして一本書くだけのつもりが、いろいろと指摘しているうちに痛みを伴ってきた。というのも、かつてこの日記を書いたこいつを擁護してやれるのは、現時点でぼくしかいないのだ。虚空に向かって叫んでいるこいつを愛し、抱きしめてやれるのは、本人である自分でしかありえない。実際、どう向きあえばいいのだろうか。少し未来が違っていたらヒトラーのなりそこねみたいになっていたかもしれない、かつてあったその魂に。

8. 一行で読者を脱落させる

ここまで書いてきて、考えてこなかったことがある。そもそもここでいう「日記」とはなんなのかという定義の問題だ。こういうときは一度辞書をひき、それを引用するとそれっぽい作文になるのだと七、八歳のころ母に教わったことがある。なのでそれをやってみようかと思ったけれど、どういうことが辞書に書いてあるかはどうせ想像の範疇だろうからやめる。それより、いまふっと浮かび上がった母の記憶が思いのほか甘苦く、そのことに戸惑いを覚えるとともに、日記とは無縁のこういった記憶にこそ、むしろ日記的なる成分がある気もして首をかしげている。いま自分の姿勢を確認したら本当にかしげていたので、これは誇張ではない。

前回日記の分類を試みたときは、「モノ申す系」「直感系」「漫画の感想」「詩」「夢日記」「ライフハック系記事」「本来の意味での日記」などがあると判明した。大きな特徴は、読者が一桁くらいだったとはいえ、他者に読まれることを前提としている点だろうか。これらの日記とは、そもそもいったいなんなのか。ひとまず言えるのは、日記というものが二つの系譜に分岐していることだろうか。

かつて日記と言えば、個人的に紙に書かれるものであったはずだ。そしてそういう日記はいま現在もありつづけ、媒体が紙であれデジタルであれ、その日あったことを記録する人たちはたぶんこれからも存在しつづける。これが本来の、そして第一の系譜だ。

ここにある時期、もう一つの日記概念が分岐発生した。テクノロジーが発達し、個々人が文章を公開しはじめたことで生まれた日記のようなもの、あるいは日記と称する多面体だ。たとえばかつてあった「さるさる日記」というサービスは、その名称からして限定的に日記を志向していたはずだけれども、しかしそこにあった「きっこの日記」というやつは、かなり強烈な「モノ申す系」として耳目を集めていたと記憶する。

と、本当はこういう「インターネット老人会」(というジャーゴンが二〇二五年現在存在する)っぽくない、もっとこうフレッシュな印象をぼくはもたらしたいので、だからあまりこういう話はしたくないのだけれど、現実問題としてすでに手遅れなので話をつづける。

パソコン通信の時代か、あるいはワールド・ワイド・ウェブの黎明期かわからないけれど、とにかくそのへんのどこかで新たなる日記概念が生まれた。おそらくそれは日記である必要はなく、もっと新しい何かであってもよかった。が、我々はその新しい何かがどういう姿をしているかを知らなかったので、とりあえず日記という既存の概念を持ちこみ、日記を書いたり、日記と称してモノ申したりした人たちがいたということになるだろう。

やがてそれらは日記、ブログ、ミニブログといったプラットフォームの変化に伴い、「記事」とか「つぶやき」とかと合流するとともに、おのおののシステムに応じて内容を変質させていった。とはいえ初期のツイッターはユーザーに対して「What are you doing?」(いま何してる?)と問うていたわけだから、この段階で日記的性質は残っていたことになる(その後文言は変わったが大意は同じ)。ともあれ、日記のようなそれは媒体に応じてコミュニケーションと同化したり、アジテーションと同化したり、娯楽や自己実現やマネタイズと同化したり、あるいは写真や動画といった形にメディアをまたいだりしながら、呼ばれかたを変えつつ拡散していったわけだ。

が、拡散はしても消えてはいない。いまXを見てもインスタグラムを見てもティックトックを見ても、そこに日記的なるものを見つけることは難しくない。たとえばなんの説明もなく提示された二郎系ラーメンの画像などは、そこに文字が一つもなくても、しかしそれは日記の部類に入るのではないかと思う。文脈によっては詩的ですらあるだろう。日記的なるものは、今後もありつづける。ただ、日記という語はもはや適用されないだろうから、その意味では、この系譜の新たな日記は消滅しつつあるというか、別の概念に置き換わりつつあることになる。

したがってこの本でぼくが「日記」と呼ぶものは、技術の過渡期において変質しながらそれでも存在しつづけ、そして技術の変化やプラットフォームの変化と個の実存とが調和したり衝突したりするさなか、そのつどさまざまな形態を取り、いまなお変化をつづける、あらゆる媒体と個人との化学反応全般を指すということになるのかもしれない。

　というわけで今回は、当時そのプラットフォームでなければ生み出されなかったであろう、日記のような、詩作品のような、メッセージのような、ちょっと不思議な雰囲気のものを扱ってみたい。不明な点はあとで解説するとして（たぶん不明な点しかないが）、まずはそれそのものをご覧いただきたい。

＊

まもなく想像の釘が（二〇〇七年七月二十九日、ｍｉｘｉ、宮内二十八歳）

今日 想像の５シリングを投じてきたよ まもなく 想像の釘が我々を打つだろう いや
ヨーコよりナンシーって柄だよな わかってる そこがいいんだ

拝啓

ついでにイヌキと会ってきたよ　びっくりしたね　スゲエ人懐っこくって　さすが俺たちの子だよ　あいつがいりゃ　またいろいろ変わったんだろうね？　どっちに？　さあね　でもやっぱりイヌキはねえよ　猫なのに犬だって？　発想としてありふれてる気もすっけどでも源氏だろ？　ひとひねり　きみらしいよ

ネーミングで揉めたのは　ちょうど去年の今頃だっけ？　いや八月か　きみはいつだって八月に翻る　来年度　いい年になるといいな　それにしても小さい存在ってのは自己規定で悩むものさ　俺ってば猫なのか犬なのか？　それで悩むのは可愛そうな話さ　そりゃ曖昧な世界だけどね

色に満ちてて　性さえ定かじゃない

こいつは切り離せない　そしてなかなか豊かなもんさ　だからきみの意図はわかってるつもりさ　でもね　いつだってそれを選択するのは本人なんだ　言霊ってやつもある　名前は人格を蝕む　俺たちはもっとこう　自由をくれてやんなきゃなんだよ　逆にそんな規定にかかわらず俺たちは自由だっていうなら　きみも　親とか他者を憎む道理もいまさらないってことになるだろう？　もちろんわかってるんだ　きみは明晰さ　自分自身が言っ

てたことなんだ そういうものさ

あたしはいずれ同じことをする

まあ みんなそこそこ元気だったよ あと一匹増えてた ひくひく口開けたり閉じたりしてたな 悪いね 俺の観察力なんてそんなもんなんだ 結局 他者に興味がないんだよきっと まあちょっと世間話して てくてく松戸街道歩いて

そういやスゲエ雷だったな 最初のラッパであると同時に 七つ目のラッパ そんくらい派手 雨上がりの小学校 小学校ってのはどこも変わらないね 濡れた校庭 1-A 1-B 保健室 アルミ缶回収月間の自作のポスター 雨の学校の匂い 下駄箱 なんかオバちゃんたちが話してた まあ一応やってみますが ええお願いします だめだったらごめんなさいね 溶接してみますが さて

溶接? 何をだろうね? 穏やかじゃないねえ あとカップルが何組 錆びた自転車 思い出してくるね そうそう 俺らがドラクエ3やってたころ 隣りで女子高生やってた俺のほのかな憧れのねえちゃん三十六なんだってな 俺も年重ねたなって思ったよ 子供時

代！ それって投票に影響する気もしないでもない まあそういう連想って卑しいよな
あとカップルがもう何組か

そこで今日 想像の5シリングを投じてきたよ
まもなく 想像の釘が我々を打つだろう

外では車が一台 誰かを待ってた 雨上がりの初夏の日差しが濡れた路面に光ってた 写真撮ろうとしたけど 人が写るんでやめた これで我々が地獄に落ちないなんて こんな理不尽が 不条理があっていいのだろうかね？

まあそっちもいろいろあるだろうが そしてぶっちゃけ全然興味もないけど 言ったようにぼくにはいまいち他者ってものがない これだって本当にただの気まぐれってやつでさ まあきみは勘がいいから たちどころに見抜くことだろう しょせんこれも誰にも何にも向いていないのだと そう 地下室の手記 でも元気で 約束でもお願いでも命令でも皮肉でもなく 一つの祈りとして 元気で

敬具

*

この意味がわかるという人はそうそういないだろう。これを書いたときですらそのように考えていた記憶があるので、発表に向かない文章であることに間違いはない。なんの説明もなくこれだけ見せられれば、ほとんどの人が意味不明だと投げてしまうと思う。が、不思議なもので、実のところこれは自信作であったりする。そして、いま現在もけっこう自信がある。理屈に合わないけれど、しかし創作とはそういうものなのだ。

意味がわからない理由はさまざまにあるけれど、一つには、この散文が文脈に依存していて、かつ、それが公的な文脈のみならず著者の私的事情といった文脈をも含むことだ。たとえば「想像の5シリングを投じてきたよ」は、この日、二〇〇七年七月二十九日の参議院議員選挙で票を投じたことを指す。そしてこの散文全体は別れた交際相手に向けられており、二人しか知らないような情報がそこかしこにある。とりあえずこの二点のみでも、「そりゃわからんわ!」と納得いただけたと思う。

さらにつけ加えると、「想像の5シリング」という比喩そのものも、ジョン・レノンとオノ・ヨーコの逸話にもとづいているため、それがわからないとついていけない。ではその逸話とは何か。これはご存知のかたも多いだろうし、わからなければ検索してくださいでもいいのだけれど、とても好きな話なので暑苦しく説明する。

ジョンとヨーコが出会ったのは一九六六年の十一月、ジョンがインディカ・ギャラリーという画廊で開かれたヨーコの個展を訪れたときのことだ。このときの有名なエピソードが、脚立を登って虫眼鏡で天井の絵を見ると、小さく「YES」と書かれている作品があって、ジョンが感銘を受けたというもの。が、今回のやつはその件ではなく、真っ白なキャンバスと金槌を飾った「釘を打つための絵」に関するものだ。ジョンが興味を持って釘を打ってみたいと頼んだところ、展覧会のオープン前だからと断られてしまった。落胆するジョンに、「5シリング出すならいいよ」とヨーコが口にする。対するジョンの答えが、「それだったら頭のなかで5シリング払うよ。それで、想像のなかで釘を打つね」であった……というお話。長い！

読者がこの逸話を知っていて、かつそれへの参照が投票の比喩であるとわかってはじめて、次のメッセージが浮かび上がる。投票用紙を想像の5シリングと呼ぶことで、制度それ自体になんらかの幻想があると指摘していること、そして投票の結果、著者、つまりぼくが次なる政治によって「釘を打たれる」だろうというある種の諦念があることだ。これを、「今日 想像の5シリングを投じてきたよ まもなく 想像の釘が我々を打つだろう」と一行に圧縮しているわけだから、当然わかるはずもない。

つづけて、「ヨーコよりナンシーって柄だよな」とあるのは別れた交際相手のことで、かつまたナンシーとはセックス・ピストルズのベーシストであったシド・ヴィシャスの恋人、ナンシー・スパンゲンを指し、そしてそれを書いたぼくは、これらすべてを、自分の個人史までをも含めて全世界の人間が知っていて当然とばかりに涼しい顔をしている。より正確には、わからないだろうと正しく理解しながら、なおかつ、通じて当然という顔をしている。

つまるところたった二行で、というかおそらくは最初の一行で、ほとんどの人が脱落することになる。でもこれが面妖なところで、これを書いていた当時は、こういうものこそが書かれるべき文章であると強く確信していたふしがあるのだ。いや、恥ずかしがらずにちゃんと言おう。かつてぼくはこういう姿勢の文章に、文学的ななにがしかが宿ると考えていた。ただ、読者の理解を振り切ったその先に何を目指していたのか、そのあたりはちょっと思い出せない。

ところで、この散文はヒップホップやポエトリー・リーディング的に読まれることを意識してもいそうだ。というのも、本来なら冒頭に来るべき「拝啓」が二パラグラフ目にある。最初のパラグラフが読まれたあと、いったん間があき、そのあと「拝啓」と読まれると考えるとたぶんかっこいいというか、音楽的効果がありそうだからだ。

次に登場する「イヌキ」は猫の名だ。元交際相手が猫を飼うと言い出し、その名を源氏物語にちなんでイヌキにすると言うので、それはよくないと考えて揉めた。女の子にあえて男性名をつける親のエゴのようなものを感じたからだ。結局一緒に猫を飼うことはなく、その後まもなく相手は引っこし、イヌキは相手方の実家に引き取られた。だから、「あいつがいりゃ　またいろいろ変わったんだろうね？　どっちに？」と問いが生まれる。非常にどっちでもいい。ともあれ何か用事があって、相手の実家に立ち寄り、そこでイヌキを見たというわけだ（家賃が払えずに転がりこんだことがあり、何かその関係であったと記憶する）。

「さすが俺たちの子だよ」は相手への未練のように読めるけれど、実はもうちょっとほかの意味がある。この当時「俺たち」は反出生主義者であり、それがこのくだりに妙な形に乱反射しているのだ。

つづくくだり、「色に満ちてて　性さえ定かじゃない」以降は、現在ならわかりやすい。猫のネーミングから発展させて、多様性の素晴らしさと、性の自己決定権の双方を説きつつも、しかしそれは子に押しつけるものではないと言いたいのだろう。すでに背景を一通り説明したからか、このあたりから先は比較的わかりやすい。

少し飛ばして、「俺らがドラクエ3やってたころ　隣りで女子高生やってた俺のほのかな憧れのねえちゃん三十六なんだってな　俺も年重ねたなって思ったよ」のくだりは、四十代なかばとなったいまの目から見ると、とても鈍感かつ洒落（しゃら）くさいわけで、何一つ擁護はできない。

投票所であった小学校を描写したのち、「子供時代！　それって投票に影響する気もしないでもない　まあ　そういう連想って卑しいよな」と来るあたりは説明が必要そうだ。つまりぼくはこう考えたのだ。投票所に小学校が選ばれることはたぶん多い。そして小学校という場所がもたらすノスタルジーは、ことによると、保守的な選択をうながすのではないかと。でもなんだかこういうのは陰謀論っぽいので、「卑しい」と前言撤回したわけだ。

「これで我々が地獄に落ちないなんて　こんな理不尽が　不条理があっていいのだろうかね？」については、何を意味するのかだいぶ考えたが解読が不可能だった。著者補正をかけて自分が考えそうなことを探るなら、「地獄にでも落ちない限り釣り合わないくらいこの世界は美しい」という解釈が一つ考えられるけれど、しかしまあ、ここは完全に不明だ。ちょっぴり光って見える箇所なだけに気になるが、さっさと次へ行こう。

「しょせんこれも誰にも何にも向いていないのだとそう　地下室の手記　でも元気で　約束でもお願いでも命令でも皮肉でもなく　一つの祈りとして　元気で」

そのつもりがなかっただろうにせよ、自分の文章を結果的にドストエフスキー作品（『地下室の手記』）になぞらえてしまっているのはご愛敬。このパラグラフが意味するところはわかる。まず、自意識の牢獄（ろうごく）に一人いること、自分が最初からそうであったことや、そのために相手と向きあえなかった面があるという反省、そしてそうした状況下で、それでもメッセージを送る行為を成立させたいということ、また、相手の自由を完全に確保した状態でいっさいの押しつけなしに「元気で」と言いたいこと。そんなところだろうか。

なおこれを書いている少し前、二〇二四年七月の都知事選でも想像の5シリングを投じてきた（念のため附記すると白票を投じたという意味ではない）。だからそう、まもなく打つことになるだろう。我々を想像の釘が。

9. 賢明であることを避けるために

二、三年前くらいから、集中力や記憶力の低下を自覚しはじめた。自分の脳の状態はそのまま仕事に直結するため、とりあえず有名な認知症のテスト、百から七を引いていくやつをやった。引きながら思った。これじゃない。そもそも確認したいのは認知症か否かではなく、どれくらい自分のパフォーマンスが低下したかだ。

そこで得意分野のプログラミングで、レトロゲームの開発支援ツールを作ってみた。このツールについては、XやGitHubに記録がある（「99x8Edit」という名称で検索すると出る）。わかったこととしては、プログラミングはできる。昔と比べてだいぶ様変わりしたC#という言語の、その変化にもついていけた。しかし、かつては一万行くらい記憶できたプログラムを、四千行くらいしか記憶できなくなっていた。

この話は誰にしても「おまえ何言ってんの?」みたいな感じに笑いに転化されたため、いっとき持ちネタのようになった。突然のプログラミングは確かに行動としてクレイジーだし、一般的には「四千行」でも充分に聞こえる。でも職業的なプログラマであれば、一万行くらいはわりと普通に記憶していたりする。だから話している本人としてはけっこう切実で、一万行が四千行になったのは、ちょっとした実存の危機をもたらしさえした。

このあいだはこんなことがあった。図書館に関するエッセイがアンソロジーに収録されて、届いた本を読んでいるうちにふと嫌な予感がした。そこで過去に書いたエッセイを検索してみたところ、なんということか、十年前にほぼ同じ内容のエッセイを別の媒体に書いていたことが判明した。

これまでぼくは、同じ相手に同じ話を何度もする人の存在を謎に感じていた。そういう人には他者という視点がなく、自分の話だけが大事なのだろうかと想像をめぐらせたりもした。違った。そうでなく、そもそも人間とは同じ話をくりかえしするようになる生物なのであった。

と、なぜ突然こんな話をしているかというと、皆様に謝らなければならないからだ。

ぼくは昔の日記を紹介するにあたって、ずっと隠してきた秘密を今回はじめて明かすような態度を取ってきたし、事実そうだと思っていた。が、確認したところ、第四回で扱った「麻雀とフリーチベット」は、二〇一四年の日本経済新聞のエッセイにすでに流用されていた。当時のエッセイは週に一度の連載だったから、ネタに困ったら昔の駄文を直して流用しようと考え、実際そうしたのであった。そういった背景も含め、完全に忘れていた。なので、熱心に追いかけてくださっているかたのうちには、もしかしたら既視感を覚えた人もいるかもしれない。面目ないとしか言えない。

ちなみにさらにこのあと、もう少し先の回で、すでに流用したものをいくつか扱うつもりでいる。あらかじめ言いわけをしておくと、マス向けに改稿して角を丸めたバージョンではない元のやつを引用するので、純度としてはより高いものにはなる。もちろん別の日記を使えば重複は避けられるのだけれど、おそらくは予定しているやつのほうが面白い。そういうわけなので、このあたりのことには目をつむってもらえれば幸いである。

前置きが長くなってしまった。

今回扱う日記は、正真正銘はじめてのやつだ。もともと日記として公開していたので妙な言い回しではあるが、たぶん八人くらいしか読んでいなかったと思うので、ほぼ事実と言ってさしつかえないだろう。と、これまでの日記もそうなのだけれど、明らかな間違いや誤字については最小限の修正を加えることとし、基本的には元のまま、できる限り産地直送状態でお届けする方針を取っている。今回も、冒頭から強火で突っ走っていくやつを選んでみた。テーマは英語、自己責任、帰属意識といったところだろうか。不明な点は例によって追って解読を試みますので、しばらくおつきあいのほどを。

＊

村上隆と香田証生（二〇〇九年四月十九日、ブログ、宮内三十歳）

宇宙エレベーターは、テロリストたちの格好の標的だ。それでも、乗れるものなら、ぼくは何をおいても乗ってみたいと思う。「迷惑だ」「税金の無駄使いをさせるな」と人は言うだろうか。ぼくはそのとき、宇宙を見ることができる。おまえたちは、できない。

◇

さて、日本人が英会話で口にする"You know"がぼくはいまいち好きじゃない。男子たるもの、軽薄にユーノーユーノー言ってはいかんと思う。

学生街に住んでいたころ、近所のアメリカ人留学生の腰巾着みたいな韓国人留学生が、生き生きと名詞全部に"fuckin'"をつけて話していたのを覚えている。彼一人だけが、カジュアルな英語ではなく、カジュアルな英語のパロディを喋っている。でも、本人だけが、そのことに気がついていない。ぼくは、彼に対して憎しみに近いものを抱いていた。なぜかって？

ぼく自身が、小さいころ、アメリカでそれをやったことがあるからだ。

思うにその留学生は、マイノリティとして日本で勉強するなかで、「アメリカに属する」という倒錯した帰属意識に身を任せたのだ。これは、ぼくらが往々にして「アジアに属するくらいならアメリカに属する」と開き直るのと似ている。本当なら、堂々と自分たちの伝統に従って生きればいい。でも自分に自信がない限り、その最初の一歩が踏み出せない。

いや、ぼくは「頑張って別のどこかに属そうとする人」のことも好きだ。いきなりできるやつなど、少ししかいない。背伸びしながら、徐々に成熟していけばいいはずだ。ただ、迷いや揺れのようなものは残っていてほしい。それがなくなったとき、その人は何者でもなくなる。

◇

16億円で落札された「ぶっかけ少年フィギア」他村上隆氏の作品ギャラリー動画
http://www.zaeega.com/archives/50576558.html

リンク先には、村上隆ががんばって英語でプレゼンをする動画がある。「日本人はブランディングができない」という彼の主張は盗人猛々(たけだけ)しいと思うが、その一方で、ぼくはこんな印象も抱いた。「この人は、たったこれだけの英語力で頑張ってきたのか」と。

そう考えると、彼の怒りやもどかしさの一端も見える気がする。ヘタクソな英語で営業しながらも、しかし、自分の作品はたいしたことがない。翻り、自国に目をやれば、才能のある人はいくらでもいる。まるでおれだけ馬鹿みたいだ。——日本人は、ブランディングができない。

You know, と村上はくりかえす。You know, you know, you know, ……

村上隆の英語の話しかたには、どこか、彼のアートにも通じる要素がある。彼がカジュアルな英語を話そうとしているのはわかる。しかし、それはパロディなのである。本来、カジュアルな言語とは、その言語を習熟した人が、日常において初めて使うものだからだ。それを習熟せずに使おうとすると、奇妙なギャップが生まれる。たとえるなら慣れないコスプレに近い。

そういえば、ぼくは小泉純一郎の英語のスピーチにも、似たような印象を抱いていた。あのヘタクソな英語はなんだったのか。誰に対するアピールだったのか。それは、あの韓国人留学生の"fuckin'"とどう違うのか。それとも、「英語で話すことに意義がある」のか。

むろんぼくは、日本人はもう少し英語で発信していいと思ってはいる。せっかく、人類標準の言語のようなものがある。ならば、下手でもなんでも、それを使って訴えていけばいい。

◇

イラク邦人殺害事件の香田証生は、なぜカメラに向けて英語で話し、世界に向けたメッセージを伝えなかったのか。なぜ、弱々しく助けを求めてしまったのか。なぜ、日本の立場と自分の立場とを明確に説明して、そのうえで朗々と平和を訴えなかったのか。それができないならば、なんのためにそんな場所にまで行ったというのか！　悔しいではないか！

そのようなことを、自己責任論とはまったく逆の立場から考えた人は少なくないはずだ。

本当のところ、香田は、以下のようなメッセージを英語で伝えている。

Group seizes Japanese man in Iraq
http://news.bbc.co.uk/2/hi/middle_east/3956975.stm

Hostage Shosei Koda says his captors are prepared to kill him
"They asked me why Japanese government broke the law and sent troops to Iraq," Mr Koda, wearing a white t-shirt, says in broken English.

"They want to withdraw the Japanese troops from Iraq or cut my head."

He then says in Japanese: "Mr Koizumi... I' m sorry to put my head in your hands. I want to return to Japan."

香田は「ブロークンな英語」（非ネイティブによる誤りを含む英語）で拉致グループの要求を伝えたとある。"you know"も"fuckin'"もない、真面目なブロークン・イングリッシュ。彼は実は冷静な人物だったと思う。泣き叫ばず、変に強気にも出ず、言い回しの部分でだけ、控え目に思想を表明した。そして、日本語で喋る際、一言だけつけくわえる。日本に帰りたい、と。そこでやっと、彼は所属を明確にした。

訴えたい思想はいくらでもあったはずだ。そうでなくて、誰がイラクになど行くものか。朗々と名演説をすることだってできただろう。考える時間は充分にあった。しかし彼は、それをしようとはしなかった。控え目な表現のうちに、運命を託すことを選んだのだ。

――この場面は、ろくに放送もされなかった。そのかわり、「ハーフパンツ姿での入国」といった、誘導以外の目的などあるはずもない、無益な情報ばかりが流された。

◇

英語で朗々とスピーチをしたところで「パフォーマンスにすぎない」と人は言うだろうか。しかし命にペイする自己主張など、この世のいったいどこにあるというのか。パフォーマンスが無条件にダメだと言うなら、それではどのような形で真実を伝えればいいのか。物事を1ミリでも変えたいならば、パフォーマンスでないいったい何をすればいいというのか。むしろ問題は、パフォーマンスの質ではないのか。

「英語で話すことに意義がある」

それは確かにそうなのだ。

でも、本当に心からそう思った人は、もっとちゃんと英語を学ぶだろう。

＊

旅行をして、その結果拉致されるなどしてテロリストに利することになってはいけないし、そういう場所へ渡航することは避けるべきである。その感覚は、分断だらけの現代のウェブ社会においても、いまなお共有されている一つのコンセンサスというか、共通善のようなものになっていると感じる。白票の投票がいけないというのと同じくらいに。しかしぼくにはどうにも、皆が正しいと思うことが我慢ならない反社会的な一面がある。

それが如実に表れているのが、冒頭の箇所だ。

SF作品などに頻出する宇宙エレベーターの、その問題点として挙げられているのが、テロリストの標的になりやすいというものだ。であれば、イラクに行ってはいけないように、宇宙エレベーターには乗れないのか。これに対し、宇宙主義のような立場から異を唱えているわけだ。

ここでいう宇宙は、当時のアフガニスタンやイラクといった国々と重ね合わせられている。むろん、積極的に行くべき場所ではないだろう。でも、誰かはそこへ行って見てこなければならない。その「誰か」が自分であるという思い上がりが常に発生しうる問題はあるにせよ、しかし大枠の考えとしてはいまもそう変わらない。なおこの日記を書いた当時、ぼくはその「誰か」が自分であると思い上がっていた。理由は、自分にはそういう文学的使命があるから。どうだまいったか。

それにしても、「ぼくはそのとき、宇宙を見ることができる。おまえたちは、できない」の一文はだいぶ勇ましい。いまこれを書く勇気はないが、ちょっぴり書いてみたくはある。

ここで話が飛び、“You know” の話題。

「日本人が英会話で口にする“You know”がぼくはいまいち好きじゃない」は主語が大きすぎる。いや主語は「ぼく」だな。なんだこれ。目的語？　まあいい。ここで想定していたのは、たいして英語がうまくないのに、気取ったカジュアルな表現を使いたがる人だ。いまは別にいいじゃんって思う。

つづく「男子たるもの」の記述は、時代ということでご容赦願いたい——と、ここまで書いてから唐突に思い出した。このころには、すでにこういう言い回しを避ける風潮はあって、たとえば「男」を「漢」と書き換えるごまかしが横行していた。

ぼくはこの「漢」表記が心の底から嫌いで、本当に見るのも嫌で、なんとなればそれはシンプルに欺瞞であるだけでなく、ジェンダーバイアスを温存する方向へ働くだろうからだ。それゆえ、ぼくは風潮に逆らって「男子」となかば喧嘩腰に書いたのであった。ただ、この喧嘩の相手は「漢」表記をする男性たちであって、女性ではない。

そう、これだ。この虚空に向かって吼えている感じ。

学生街にいたという韓国人留学生は、高田馬場近辺の「すき家」で目撃した。牛丼は確か二八〇円だった。ラーメンをすすれる西欧人はまだほとんど存在しなかった。問題の留学生はほとんどすべての名詞の前に「ファッキン」をつけていて、ほかのアメリカ人留学生の苦笑に気がついておらず、だいぶ見るにたえない光景となっていた。カジュアルな英語はネイティブが話すものであり、したがって、それをネイティブでない者が真似るのは「カジュアルな英語のパロディ」だということだ。

「これは、ぼくらが往々にして「アジアに属するくらいならアメリカに属する」と開き直るのと似ている。本当なら、堂々と自分たちの伝統に従って生きればいい。でも自分に自信がない限り、その最初の一歩が踏み出せない」については、なんだろう、堂々たる意見だ。アメリカで育ち、アメリカ型リベラリズムという精神注入棒でしばかれ、その後に日本に帰ってきた経緯から、ぼくにはこういう保守ともリベラルともつかないところがある。だから往々にして両サイドから叱られが発生するのだけど、実際そういう人間なのだから仕方ない。

その次、「頑張って別のどこかに属そうとする人」をいったん認める点は興味深い。というのも、人間の悪の一つは何かに属そうとすることだと思うからだ。でもそれをひとまず肯定した上で、「背伸びしながら、徐々に成熟していけばいいはずだ。ただ、迷いや揺れのようなものは残っていてほしい。それがなくなったとき、その人は何者でもなくなる」というのは、自分で言うのもなんだけれど、わりといけているような気がする。ここで模索しているのはつまり、人が変化していく理路の存在だ。

当時、というか現在もそうなのだけど、ぼくは政治思想をまたいだパワーゲームは双方を過激化させると考え、ほぼ一貫して対話を志向してきた。戦いが必要だとする考えの正当性は理解しつつも、ぼくは対話によって人間が過激でない方向に変わりうると信じてきたし、これについてはいま現在も信じている。だからたびたび弱腰を指摘されるが、それはまた別の話。

と、長々と説明してきたのに、まだ山の三合目くらいだ。

村上隆氏は毀誉褒貶(きよほうへん)というか、不当なまでに貶められまくってきた印象で、だからそれに対して逆張りというか、ここでは氏に対して好意的な新たな視点を見出そうとしている。とはいえ口調はめちゃくちゃ上から目線だし、たぶん本人がこれを読んだら腹を立てることと思う。でも、氏の英語のプレゼンまでちゃんと聴いた人はそこまで多くないだろうから、それに触れることには意味があるはずだ（動画は現在閲覧不能）。なお、「盗人猛々しい」という表現についてては文脈が抜け落ちてしまっていて、ここで言っているのはつまり、氏が昔から指摘されてきたこと、国内のサブカルチャーにフリーライドして海外で商売しているのではないかという点についてだ。ただ、近年の作風についてはもう少し違った印象を抱いている。

つづく箇所はちょっと問題だ。ここでぼくは、なぜ氏が「日本人はブランディングができない」と自著で書いたか、氏の心中を想像し、その理由を見つけ出そうとしている。いわく、「ヘタクソな英語で営業しながらも、しかし、自分の作品はたいしたことがない。翻り、自国に目をやれば、才能のある人はいくらでもいる。まるでおれだけ馬鹿みたいだ。――日本人は、ブランディングができない」――。

　これは現在の自分であれば書かない。他者の心中などわかるはずもないし、まして氏が自分の作品に対して、どのような自己評価を下していたか確認するすべなどないからだ。いや、本当のところ、このくだりにはなんらかの想像力を感じないでもない。が、現在のぼくの考えは、他者の内心を決めつけるあらゆる言説は暴力だというものだ。また、たとえ想像上の心の声として書かれたにせよ、「作品はたいしたことがない」などと簡単に言うものではない。著者、つまりぼく自身が当時そう思っていただろうことは明らかで、であればせめて理由くらいは書くべきだ。たとえ、あのころ多くの人がほとんど無条件に氏を叩くことにとても熱心であったとしても。

　それにしても、「村上隆の英語の話しかた」にある、「どこか、彼のアートにも通じる要素」なるものが何を指すのかが全然わからない。もしそれが「パロディ」（的）という一点のみに依拠しているなら、本質論っぽいことを言いたいだけの乱暴な文章ということになるので、それっぽい一文ができて浮かれている昔の自分を一発殴り、しかるのち抱きしめてやりたい。

　そしてここまで書いてから、「氏に対して好意的な新たな視点」がどこにも見当たらないことに気がついた。つまりぼくは、こう言おうとしていたのだ。氏はけっして上手ではない英語で、それでも身体をはって泥臭いプレゼンをしている。だからこそブランディングが云々という話も出るのかもしれないし、同じ努力ができる人、氏に対してとやかく言える資格のある人はどれだけいるのか、と。直接そのように書かなかったのは、たぶん、普通に伝わると考えていたからではないかと思う。わからないよ!

つづけて、小泉元首相の英語スピーチのこと。香田証生氏の話へのつなぎでもある。

このころはまだ、「英語で話すことに意義がある」みたいなことが大層に言われていた、その名残りの時期であったと記憶する。この常套句に対しては、同調したい気持ちと反発心とがせめぎあっていた。それにしてもぼくはここで何を言いたいのか。たとえ下手でも英語で発信するのがよいことなのか、それとも悪いことなのか、態度が明確化されていない。

答えを言ってしまうと、ぼくは英語の発信に価値を認めていた。それと同時に、小泉のスピーチに対するあてこすりがあるため、よくわからないことになっている。少し前のくだり、「これは、ぼくらが往々にして「アジアに属するくらいならアメリカに属する」と開き直るのと似ている。本当なら、堂々と自分たちの伝統に従って生きればいい」はここにつながっていて、つまるところ、ここで示唆したかったのは対米従属の存在だ。

いまこれをこのままXなどに投稿したら、いろんな人がいろんなことを自由に読み取り、学級崩壊状態みたいなリプライ欄や引用リポスト欄が発生するかもしれない。現代の情報空間においては、ダイレクトに「あの下手な英語は対米従属を象徴して見えた」といった具合に主張を明確化したほうが誤読の余地は減るし、おそらくそのほうが賢明であると思う。ただ、ぼくはそうした賢明さの先になんらかの痩せ細りを感じている。心のどこかで、明確な主張よりも揺れとか迷いとかを求めている。そもそも賢明であることを好まない。このへんはあまり変わっていない。

そしてやっと本題——イラク日本人青年殺害事件、あるいは香田証生さん殺害事件だ。「イラク邦人殺害事件の香田証生は、なぜカメラに向けて英語で話し、世界に向けたメッセージを伝えなかったのか」「そのようなことを、自己責任論とはまったく逆の立場から考えた人は少なくないはずだ」「本当のところ、香田は、以下のようなメッセージを英語で伝えている」

記憶するところでは、事件に際して報道されたのは香田氏が日本語で訴える映像であり、彼が実は英語でも発信していたことを知る人はそう多くなかった。もしかしたら多かったのかもしれないが、少なくとも当時のぼくの認識においてはそうだった。だから氏が英語で話した内容を紹介することには意義があると考え、そうしたわけだ。それが、カジュアルならぬ「ブロークンな英語」であったという皮肉とともに。

「言い回しの部分でだけ、控え目に思想を表明した」とある箇所は、何を意味しているか不明であると思う。これは犯行グループが自衛隊の撤退を求めたことについて、氏が自衛隊を“troops”（軍）と表現したことを指す。ただ、ぼくはこれを思想の表明だと受け取り、そして大発見であると思ったのだけど、この場面でわざわざ“Self-Defense Forces”（自衛隊）などと言うのはむしろ不自然であるし、本当は意図などなかったのかもしれない。ここでも人の意図を勝手に想像している。悪い癖だ。ことによると、その悪い癖のほうに適性があったかもしれないにせよ。

「そこでやっと、彼は所属を明確にした」——野暮を承知で説明を加えると、ここまでたびたび語られた帰属の問題を、ここで回収している。ぼくがこう書きたいと思ったのは、氏に向けられた心ない声に対して、彼は同胞だと訴えたかったからだ。

「誘導以外の目的などあるはずもない、無益な情報」云々は、十五年も経ってしまったいまとなっては、もはやなんだかわからない。つまり、香田氏の服装がわざわざメディアで言及されたこと、そしてそれがイラクに入るのに適切とは思えないものであったことは、「殺されてもしょうがないよね」と世の人を誘導するための情報だったのではないかということだ。陰謀論である。陰謀論だけれど、これについては、実際そうだったんじゃないかなって思う。

最後のパフォーマンス云々は、令和となった現在においてはいまさらかもしれない。政治的なパフォーマンスを、パフォーマンスであるとしてしりぞけるか、それともパフォーマンスは必要だと受け止めるかの件だ。これに対しては、「パフォーマンスの質」を問う立場を取っていたようだ（現在は質にかかわらずパフォーマンスは必要だと考える）。

このくだりが現在意味を持つとはさほど思えないが、ただ結びの箇所にはつながる。

「英語で話すことに意義がある」「それは確かにそうなのだ」と。しかし、「本当に心からそう思った人は、もっとちゃんと英語を学ぶだろう」と、最後の一行でそれまでの議論すべてをひっくり返して無化しようとしているのはなんだろう。そうしようと思った理由はわからない。たぶん何かと戦っていたのだと思う。

この日記ではさまざまな論点が並行しているが、本題はやはり自己責任論だろう。だからこそ冒頭に宇宙エレベーターが出てくる。ぼくは危険地帯を歩くこともあるため、自己責任論については長いこと自分の問題としてとらえている。しかし不思議と、自己責任論そのものを作品で扱うことはあまりない。「開高健がベトナムで行方不明になった時代にSNSがあって開高が炎上する」というSF短編が一つあるくらいだ（『国歌を作った男』所収、「パニック――一九六五年のSNS」）。とはいえ自己責任をめぐる諸問題は、通奏低音としては常に流れていると感じる。それが非可聴域にあるというだけで。

10. 呪いのアパート

いっときほとんど誰もが「価値観のアップデート」と口にしていて、そしていつのまにかあまり誰も言わなくなった感がある。かくいうぼく自身、十年前くらいは素朴に「価値観のアップデート」を信じていたし、いまもなお、みずからの考えを硬直化させず柔軟にかまえていたい気持ちはある。ただ、価値観のアップデートという言葉それ自体は失効しつつあると感じる。少なくとも、その響きに何かうさんくささを嗅ぎ取ってしまうのは確かなのだ。

しかしながらこの本自体が、ほぼ避けられない形で価値観のアップデートの問題を抱えていて、というかそれがほとんどすべてで、そして自身が正しくアップデートされたかそうでないかを検証する側面があるのも事実だろう。であるにもかかわらず、いまぼくは価値観のアップデートという概念自体に、なんらかの幻滅を抱えている。なぜか。

一つには、昔と比較してさまざまな陣営の断絶や過激化が進んだことがある。価値観のアップデートをよしとし、アップデートをしたその先は、キャンセルカルチャーであるかもしれないし、陰謀論であるかもしれないし、歴史修正主義であるかもしれない。もう少し前だったら、とりあえずアップデートさえしておけば、その先にまあまあ正解がある、少なくともそう錯覚できる情報環境があったように思うのだけれど、現在そういうふうには感じられない。

そもそもアップデートという言葉からは、みずから深く考えるプロセスを経ずして、次々と新たな考えをインストールするニュアンスが感じ取れる。その先にあるのは、無だ。柔軟であるほど、魂は空白化されやすい。同じようなケースとして、あらゆる層、あらゆる立場の声が内面化されていき、知的熱的死を迎える人もいそうだ。だからいかにしてこうした空白化を避けるかは、目下のテーマでもある。

ちなみに本書の企画は依頼されたものではなく、やりたいという強い気持ちを持ってこちらから提案したもので、しかし別段何かを主張したいとかそういうつもりはなかった。なんとなく、いまこれをやっておいたほうがいいと思った程度だ。結果として、この本の各章は昔の日記の駄目さを取り沙汰しつつ、昔の日記にあったなんらかの面白さに依拠するという、そこはかとなく倒錯した構造を持つことになった。実際、ここに出てくる昔のぼくのほうがいまよりも面白いと感じる人はけっこういると思う。たとえ、言っている内容が意味不明であっても。

あるいはぼくは、アップデートがもたらす喪失を白日のもとにさらし、その上においてこそアップデートの必要性を説きたいのかもしれない。昔の自分のほうが面白かったかもしれないという受け入れがたい現実をいったん認め、さらにそれを上書きして否定するプロセスを経て、空白化への対処という次なるテーマが浮かび上がるだろうからだ。

もしくはそういうことではまったくなく、ソウルがありすぎて誰にも言葉を届けられなかった過去の自分と、ある程度は言葉を届けられるようになった反面確実に何かを失いもした自分とをジンテーゼして、新たに生まれ変わりたいだけかもしれない。どちらかというと、この可能性のほうが高そうだ。だとすれば、ここまでの前置きはなんだったのかということになるが、まあこういうこともある。

そういうわけで、このへんで一つ「アップデート前」の日記をご紹介したい。二十九歳当時のもので、そのころは東池袋のアパートに一人で住んでいた。アパートの周辺では、呪われてるのかってくらいにいろいろなことがあった。具体的には向かいの家が半焼し、部屋の窓の真下、手が届くくらいのところで元光GENJIの赤坂晃が覚醒剤所持で捕まり、大塚駅方面の小径で通り魔が誰かを刺傷し、そして並びのマンションでAV女優が硫化水素自殺をした。

＊

硫化水素とスヴィドリガイロフ（二〇〇八年四月十九日、ｍｉｘｉ、宮内二十九歳）

「細君をなくしたんだが、身もちのよくない男でしてね。それが急に拳銃自殺をやったんです。しかも、お話にならないような醜態でしてな……手帳の中には、自分は正気で死ぬのだから、自分の死因で人を疑ってくれるなということが、ふた言み言、書き残してありました。この男は金を持っておったそうですがね。どうしてあなたはごぞんじなんです？」

――『罪と罰』ドストエフスキー著、米川正夫訳

『罪と罰』のスヴィドリガイロフは自死にあたり、「自分は正気で死ぬ」と書き残す。

ところで、昨日は久しぶりにスーツというものを着たら胴回りがきつかった。まるでコルセットみたいだった。いまも、内臓が少し上に寄ってる気がする。でもって一日立ち仕事して打ち上げ、くたくたになって寝たら、すぐさまサイレンに叩き起こされた。臭気がした。

窓から覗くと、消防車やらレスキューやら救急車やらパトカーやらが真下にひしめいてる。道が封鎖されはじめた。「危ないぞ！」「確保！」などと人の声が聞こえてくる。窓を開けた瞬間、臭気がきつくなった。ただならぬ雰囲気に、作品をバッグにつめこんでほとんど普段着のまま飛び出した。これは、窓を開けてても閉めててもヤバそうだ。

たぶんアレだろうと直感はしつつも、テロとかだったらちょっと困る。

遠巻きに見守っていると、目を覚ました住人らが、一人、二人、と窓から顔を出す。「火事じゃありません！」「火事じゃありませんから！」と消防隊員たちが声をはりあげた。ということは明らかにもっと不吉な何かなのに、眠かったのか、それぞれ納得して首をひっこめた。「危ない！」「危ないからな！」と叫びあい、ボンベを背につっこむ隊員たち。

雨。

並びのマンションだかアパートだった。ぼくはビニール傘を手に、翌日の仕事の心配をしつつ、「運び出されるまでは見よう」ときめこんで一部始終を眺めていた。

玄関に「硫化水素発生中」女性が自殺　東池袋
http://headlines.yahoo.co.jp/hl?a=20080418-00000924-san-soci（現在リンク切れ）

さて――この硫化水素自殺は、練炭自殺とは本質的な温度差があると思う。それぞれいろいろな形はあるにせよ、練炭自殺での一つの類型、「ウェブで仲間をつのってワゴン車に乗って」というプロセスを少なくとも彼らは選択しない。彼らは、あくまで一人で死ぬのだ。

どちらかといえば、これはより困難な道ではないだろうか。自分一人が、自分一人の力で自分一人を殺さねばならない。これは、けっこうとんでもないことだ。けっして持ち上げるわけではないが、ひとまず「硫化水素」は「練炭」よりも実存的であるという印象をぼくは持つ。以下、「練炭から硫化水素」という「モード」が実在する前提で、その変化の理由を考えてみる。

硫化水素自殺に共通するのは、まず、その「奇妙」な貼り紙だ。

「有毒ガス発生中」「消防を呼んでください」——その自殺方法の「ある種の強靭さ」に反するようにして、貼り紙の内容はこれ以上はないというくらい没個性的だ。言ってみれば、ステレオタイプな「コピー・アンド・ペースト」である。いや、単なる注意喚起に個性も何もないだろうと言われるかもしれない。しかし、その「喚起」がそもそも奇妙なのだ。

それは結局のところ、何を喚起しようとしているのか。それは喚起なのか。

ここには、一応の気づかいが見て取れる。少なくとも表面上は、外部への視線がある。周囲を慮っているようにも見える。でも、選ばれた自殺方法はこのうえなく「迷惑」なものだ。たとえ巻きぞえが発生しなくとも、多くの人間が、莫大なエネルギーを費やすことになる。

あるいは、例えば貼り紙を見たのがぼくであれば——そこに家族なり恋人なりがいると知れば、まず気休めに花粉症マスクでもつけて、そして飛びこむことだろうと思う。これは理屈ではない。自死者が理屈でない何かを否応なしに抱えているようにだ。

結局のところ、これは喚起として最初から失敗している。逆効果だとさえ言えるだろう。でも、彼らはあるいはそのことに気がついていない。だからこそ、これは「奇妙」なのだ。この貼り紙には、自死者たちがどのように世界と関わっているかが、はっきりと示されている。その決定的なズレと、独特な自己確認のありかたとが、この貼り紙には潜んでいるとぼくは思う。

言い換えると、この「コピー・アンド・ペースト」にすぎない貼り紙は、しかし如実に彼らの生身の姿を写しとっている。これこそ遺書そのものであり、彼らそれ自体なのだ。先に結論してしまうと——ぼくは、この貼り紙こそが硫化水素自殺の「本質」であると思う。むしろこれを貼りだすためにこそ、彼らは硫化水素という方法を選択したのである。

◇

「みんなでワゴン車で出かける」という練炭自殺の類型は、ある意味においてはわかりやすい。開拓の果ての西海岸の若者がかつて『指輪物語』を手にしたような、いまいる共同体とは別の世界観への志向がそこには見て取れる。もちろん相互扶助的な目的もあるのだろうが、多かれ少なかれ、他者とフィクションを共有することへの渇望もあるだろう。

ぼくは大真面目にこれを言うのだが、練炭自殺は、非常にサブカルチャー的な方法だと思う。言ってみれば仮想的な「設定」がそこにある。対して、硫化水素の貼り紙がまず最初に意味することはこうだ──《入るな》。それを目にした人間は、いきなり頭からの拒絶を受ける。入ればガスを吸うのだから、救助は遅れ、成功率の高さにもつながるだろう。

しかし成功率というだけなら、ほかに方法はいくらだってある。そこに、彼らはいわば「ガス」を防御壁として一人であることを選ぶ。むしろ、そうであることを再確認せずにはいられない衝動から、その方法を選ぶのではないか。そのうえで、彼らは宣言する。《入るな》と。

これは、ある種のフィクションすらもが共有できなくなったことを意味しないだろうか。
と同時に、この貼り紙は「複製的」であり、そしてウェブを越え他者へと伝播する。

サンポールを買った人はこんな商品も買っています
http://www.amazon.co.jp/%E6%B5%84%E5%8C%96%E6%A7%BD%E3%82%B5%E3%83%B3%E3%83%9D%E3%83%BC%E3%83%AB-500ml/dp/B000FQU1HQ

これはものすごく趣味の悪い話なのだけど——Amazonの「浄化槽サンポール」の「この商品を買った人はこんな商品も買っています」が自殺関連本だらけらしい。「らしい」と書いたのは、ぼくが「キャプチャ画像」とされるものしか見ていないからだ。というのは、これを書いている現在は、さらに興味深いことになっている。たとえば、「おもちゃ&ホビー」の項目。

>スムース抱き枕カバー「School Days」桂言葉
>スムース抱き枕カバー「School Days」西園寺世界

＞フロイライン リボルテック 005 天海春香 スノーストロベリー
＞フロイライン リボルテック 006 双海真美 スノーストロベリー
＞Chu × Chu アイドる 立体マウスパッド 仲内知由
＞Figma 涼宮ハルヒの憂鬱 涼宮ハルヒ 制服 Ver.
＞Figma 魔法少女リリカルなのは StrikerS 高町なのは バリアジャケット Ver.
＞涼宮ハルヒの憂鬱 ねんどろいど ぷち 涼宮ハルヒの憂鬱 #02 BOX
＞もえたん ねんどろいど ぱすてるインク

「音楽」の項目。

＞バンガイオー魂 BANGAI-O SPIRITS Audio Collection Plus CD
＞THE IDOLM@STER MASTER LIVE 02 REM@STER-B CD
＞THE IDOLM@STER MASTER LIVE 01 REM@STER-A CD
＞ラジオ「School Days」CD Vol.2
＞THE IDOLM@STER MASTER LIVE 00 shiny smile（DVD付）CD
＞ファミソン 8BIT ☆アイドルマスター 01 ［高槻やよい／双海亜美・真美］CD
＞THE IDOLM@STER MASTER BOX III CD

ぼくのなかの誰かは、ほとんど反射的にある恣意的な解釈を導き出そうとしている。もう一方の誰かは、この「統計」をそのまま受け取ってはならないと警鐘を鳴らしている。いずれにせよこのラインアップは、Amazonの「おもちゃ&ホビー」や「音楽」の売れ線とは差がある。そして「浄化槽サンポール」という商品名は、現実に、そのクエリの一部をなしている。

たとえば、「衝動的な殺人」と暴力ゲームとをすぐに結びつけるような、そういう発想にはいろいろ問題が伴うだろう。がしかし、それらは関係してはいるのだ。ある犯罪者の嗜好(しこう)が、その犯罪行為を解析するツールにまったくならないとは限らない。

もっともAmazonの仕様はまるでわからないから、これは参考にはならない。むしろ、Amazonとは我々の想像力をある方向へと誘導するようなそういうツールだろう。それ以前に、この「統計」にはさまざまな階層の操作が介在している。それらを踏まえて——ぼく個人は、これは「関係がある」と思う。「ある種の文化」と「硫化水素」は相互に関連性を持つ。

そしてドアの貼り紙はそれをなぞるように没個性的で、複製可能で、それでいて切実だ。

硫化水素自殺の貼り紙が「奇妙」だとぼくは書いた。それは、喚起のようでいて喚起になりきっていない。何か、優先順位のねじれがある。一方、確実に「他者の拒絶」ではあるが、同時に最後の理性や人間性を確認するような内容でもある。この点において、これは『罪と罰』のスヴィドリガイロフの「手帳の遺書」に似ていると思う。

自分は正気で死ぬ、と彼は書き残すのだ。

その自死のシーンでは、彼が手帳に何事か書き残すのみで、その内容についてはまだ明かされない。つまり、物語上のフックとして働く。しかし結局、その遺書の内容は「伝聞」により伝えられる。このことには必然性があって、この「伝聞」により、ラスコーリニコフは自白前の最後の試練を迎えるのだ。そしてエンターテインメントというものを強く意識していたこの作者が、読者の欲求に従った「引用」よりも、「伝聞」を選んだことには自覚があっただろう。

ドストエフスキーは、それをドアに貼らなかったのだ。

＊

これを読んだ友人は、「まあまあ頭のいい大学生がそれっぽいことを書こうとしたレポート」と評した。ここで言う「それっぽい」とは、社会批評的であるとかそういう意味だと思う。友人の言については、現時点ではおおむね同意しつつも、「それっぽさ」を逸脱した何かがこの日記にはある気もして、どう理解したものか頭を悩ませている。そしてどうしたわけか、これを書いたことをぼくは強く記憶していて、いまだに忘れられずにいる。読み返してみると、一所懸命に何かを言おうとしながら、同じくらい、何かを言うまいとしているような奇妙な印象を受ける。いったいこの日記はなんなのか。

まず、複数の論点が並行して進むので読みにくい。もしかしたら当人にとっては論点は一つであったのかもしれないが、現実としてそうなってはいない。何か大きなことを言おうとして、尻尾をとらえそこねたような感じもする。とはいえ今回の場合、さほど注釈はいらないかもしれない。というのも要所要所で言っていることは、それぞれ消化不良感を残しつつも、なんとなくフィーリングとしてはわかるからだ。

エピグラフは『罪と罰』の引用。どうしてわずかな友人しか読まないｍｉｘｉ日記にエピグラフなんかつけるのだと、いまさらながらちょっぴり恥ずかしい。でも、とりあえず内容とは対応しているし、無意味というわけではないだろう。

本題は、深夜に並びのマンションで硫化水素自殺騒ぎがあったということと、社会批評っぽい何かだ。冒頭のほう、「作品をバッグにつめこんでほとんど普段着のまま飛び出した」については、記憶がよみがえるにつれ、突然過去から殴られるみたいななんとも言えない感情に襲われた。貯金はない。家には本くらいしかない。高価な品はノートＰＣとシンセサイザーくらい。だから、プリントアウトしておいた自分の小説を、これだけは失いたくない唯一の貴重品としてバッグに入れて持ち出したということだ。

この晩の騒ぎはニュースにもなったが、文中の記事はリンク切れになっていた。二〇〇八年四月十八日という日付と、「硫化水素」で検索をすれば、何が起きたかはすぐわかる。消防隊員が「火事じゃありませんから！」と近隣住民に向けて叫んでいたことや、そんなふうに言われたら余計心配になりそうなものなのに、なんでか納得して寝る人々のくだりは、「人類」という感じがしてとても気に入っている。「テロ」とあるのは松本サリン事件の連想だ。おそらくは硫化水素自殺だろうけれど、そうとは限らないし、消防隊の近くが安全だと考え、また単純な興味もあって外に出たわけだ。

それから、その先であぁだこうだと書いているけれど、練炭自殺の流行から硫化水素自殺の流行という一種のモードの遷移が、何を意味するのか考えようとしているのがうかがえる。実際、仲間を集めて車に乗る練炭自殺と、部屋に目張りをして一人で死ぬ硫化水素自殺は、あまりにも印象が異なる。それはなぜかと興味を抱き、考えているようだ。

現在であれば、特に意味などなく、流行が先にあると考えそうだ。流行に意味は付随するかもしれないが、社会のなにがしかの本質を映し出すようなそのレベルの意味性はそこにないと。流行の存在それ自体も疑うだろう。と、このほうが現実的かもしれないが、面白くはない。当時は面白さのほうを選んだというか、もう少し言うと、突飛な本質論的なるものに価値を置いていたということだ。

ともあれ、なぜ人は硫化水素自殺をするのか、理解できずに戸惑っているのがわかる。どうせだったら皆で車を借りて練炭自殺をするほうが楽しそうだし、なんだったら青春っぽくもある。もちろんそういうのは嫌だという人もいるだろうが、それにしても、サークルの合宿のような雰囲気さえ感じる練炭自殺から、個が個を無言で自裁する硫化水素自殺に流行が移ったということが、ぼくには不思議でならなかった。他者が好きなら練炭自殺をすればいいし、そうでないなら硫化水素でよいではないか。並行してやればいい。しかし現に流行は移った。少なくともそう見えた。それはなぜか、というわけである。

そこで着目したのが、硫化水素自殺に付随する貼り紙の存在であったようだ。

「有毒ガス発生中」「消防を呼んでください」といった貼り紙が他者への気づかいであり、

しかし同時に死にかたが迷惑きわまりないことを挙げ、そのあたりから何かしらの意味を読み取ろうとしている。ただ、これは言いがかりのようにも見える。まあまあ確実に死ねる硫化水素という手段を選ぶことと、巻き添えを生まないために貼り紙をすることは両立しうるからだ。でも著者はそこで止まらない。なぜならそれは現実的かもしれないが、突飛な本質論に至る道筋ではないから。

それにしても、ラスト一行に至るまで執拗なほどに、著者は、つまりぼくはこの貼り紙について責め立てる。貼り紙がどうしても気に入らないという強い感情が伝わってくる。もう少し先を読むとわかるけれど、ぼくはこの貼り紙に、他者の拒絶、もっと言うならば他者への攻撃性が潜んでいると感じている。そしてそれが気づかいという体裁をたもっていたことが、どうしても納得いかなかったのだと察せられる。

この貼り紙には、自死者たちがどのように世界と関わっているかが、はっきりと示されている。その決定的なズレと、独特な自己確認のありかたとが、この貼り紙には潜んでいるとぼくは思う。

ぶっちゃけ何を言っているのかわからないと思うが、幸か不幸か、ぼくは著者でもあるので記憶している。あえて難しく書いて意味を読み取られないようにしながら、つまるところ、貼り紙の一件をねちねちと持ち出して死者を責め立てているのだ。なぜこうもこだわるのか種を明かしてしまうと、この当時、頻繁に自死をほのめかすパートナーとわりと長く同棲したあとで、完全に疲れ切っていたことが関係している。そういうこともあって、自死に対する冷淡な気持ちはいまもないではない。それが周囲の人間に与える影響は甚大だからだ。さすがにいまは、自死者にもその数だけ事情や理由があるということは承知している。当時そのように思えず、むしろ責め立てていたのは残念なポイントではある。

言い換えると、この「コピー・アンド・ペースト」にすぎない貼り紙は、しかし如実に彼らの生身の姿を写しとっている。これこそ遺書そのものであり、彼らそれ自体なのだ。先に結論してしまうと――ぼくは、この貼り紙こそが硫化水素自殺の「本質」であると思う。むしろこれを貼りだすためにこそ、彼らは硫化水素という方法を選択したのである。

この箇所はさまざまな意味で問題だ。まず、自死者へのまなざしを欠く。そしてよく読むと、いやよく読まなくても、決めつけや言いがかりだとわかる。貼り紙を貼るために硫化水素が選ばれるわけなどない。その一方で、この一節には微妙なかっこよさもある。なんらかの美はあるのだ。現在の観点ではそれこそが問題で、なんとなれば、美と誤謬の結託ほど迷惑なものはないからだ。

正直、このパラグラフは削ってしまい、なかったことにしようか迷いもした。が、当時の文章に対する姿勢みたいなものがわかりやすく表れているため、隠さずに残すことにした。おそらくかつてのぼくは、文章というものを他者に意味を伝えるツールというより、もう少し別のものとしてとらえている。

つづけて、「みんなでワゴン車で出かける」にはじまるブロックを見ていこう。

このあたりもつっこみどころは多い。「西海岸の若者がかつて『指輪物語』を手にしたような」は言いたいだけっぽいし、「いまいる共同体とは別の世界観への志向」は他者の内心を勝手に決めつけている。共感性羞恥を覚える。自分に。しかし「他者とフィクションを共有することへの渇望もあるだろう」はまあまあそれっぽくて困る。「サブカルチャー的な方法」が何を意味するかは、解読に成功した。物語に「設定」がある→その構造はゲームやアニメに近い→サブカルチャー的、というわけだ。だからなんだ。

ついで、話は硫化水素に戻ってくる。

まず、その人が一人で死ぬことを選んだという当たり前の前提を確認したあと、

これは、ある種のフィクションすらもが共有できなくなったことを意味しないだろうか。

と来る。これは現在の考えとは違う。現在の考えは、先に書いた通り、「特に意味などなく、流行が先にある」であるからだ。しかし、「なぜ自死のモードが移ったのか」から考えはじめて、この賢しらな批評的一文に至ったことは軽んじられないというか、必要以上にごちゃごちゃと考えることの好きだった二十代ならではの、失われた何かがあると感じないでもない。

このあとだ。

「サンポールを買った人はこんな商品も買っています」につづく先のくだりが、いまなお今回の日記を忘れられず、そしていままたあえて紹介しようと思った理由になる。

硫化水素自殺に用いられる商品の、「この商品を買った人はこんな商品も買っています」が自殺関連本だらけだと聞き、実際見てみようと当該ページに飛んでみた。そうしたら、自殺に関係するものを表示しないように修正がなされていた。そこまでは予想できていた。きっと、清掃用品ばかりになっていることだろうと思っていた。

予想はまったく違った。

『School Days』はアダルトゲームであり、ここにあるのは、それを元としたテレビアニメに関するものだろうか。「フロイライン リボルテック」はゲームの『アイドルマスター』関連のフィギュア。涼宮ハルヒはご存知、新刊が出ると某K社の株価が変わるとまで言われた小説のヒロインだ。音楽については、ほぼすべて『アイドルマスター』関連。これらになんらかの傾向があることは、指摘するまでもないだろう。これを見たときに受けた奇妙な衝撃のようなものは、いまもいわく言いがたい。そしてこのいわく言いがたい感覚をなんとか表現しようとして書かれたのがこの日記ということになる。

とりあえず言えるのは、こうしたコンテンツを好む人が、好んでサンポールを買っていたという、ただそれだけのことだ。それ以上の情報はない。ただ、これを見たぼくがどういう想像をしたかは、おわかりのことと思う。

ちょっと意外なのは、ここで著者が、社会批評とコンテンツ批評を交えることを、いかにもそういうのが好きそうであるにもかかわらず、怖がり、拒んでいることだ。社会批評とコンテンツ批評を交える際には、かなり慎重を期す必要があるというのは、現代の読者であればなんとなく肌感覚としてわかると思う。ところがぼくは、たいしてそれが危険でもなかったはずの時代に、そもそもまったく読まれてすらいないのに、ないはずの危険を察知して怖がっている。

そのあともごちゃごちゃ書いているけれど、そしてやや踏みこんだ指摘もしているけれど、やはり忘れられないのは、そして本当に伝えたかったことは、予想もしなかったタイミングで、『School Days』や『アイドルマスター』といったある種の見慣れたものたちが、それが現れるはずもないと思っていた場所に出現した、その驚きと戸惑いだ。

あとはエピローグみたいなもの。『罪と罰』のスヴィドリガイロフの遺書について。これをひっぱってくるあたりは、なんていうかいかにもそれっぽい。「ドストエフスキーは、それをドアに貼らなかったのだ」のラスト一行にはいくつか意味や解釈があるけれど、ここでは、そのうちもっとも恥ずかしいものを一つだけ挙げておく。昔のぼくは、真剣にこう考えていたのだ。ドストエフスキーを読めば、人は自死することなどなくなるのだと。

11. さまざまな記憶のこと

記憶で書くタイプであると指摘されたことがある。

ＳＦの新人賞でデビューをして、近未来の各国の紛争を書いたり(『ヨハネスブルグの天使たち』)、火星の精神病院を舞台にした長編を書いたり(『エクソダス症候群』)してきたことを考えると不思議なようでもあるけれど、言われてみるとまあまあ腑に落ちる。そうでなく自分はもっと想像の翼を広げているのだと強弁するのが、たぶん賢明な態度ではある。でも、記憶で書くタイプだと指摘されたとき、妙なわかりみが発生してしまったというか、「そうだな」と納得したので、以来「記憶で書くタイプ」を自認している。

ただ、この場合の「記憶で書く」とは何を意味するのか。

私小説的ということではないだろう。これまでぼくは私小説をほとんど書いていないのだから、それはそういうことになる。おそらくは、強く印象に残った海外の景色だとか、どうしても忘れられない誰かとの対話だとかが作中に染み出て、そしてそれが裏で物語と連動してもいるような、そんな作風を指しているのでないかと想像する。そんなことを言ったら全員が記憶で書くタイプに該当してしまいそうだけれど、やっぱり傾向というのはあるわけで、もっとイマジネーションだとか人工美だとかそういうやつを優先する人はいくらでもいる。それらと比べると、記憶型だということだ。

なんにせよ、多かれ少なかれ記憶と物語は癒着する。たとえばこれから、一見すると著者の記憶とはなんら関係なさそうなミステリとかを書くとする。が、これとて作中人物はなんらかの形でぼくの記憶と連動して物語を動かしていく。その要素をゼロにすることは難しい。いわば著者の記憶が作中人物の無意識の部分を担っているような形だ。

というわけで、今回のテーマは記憶。

「日記たち」と称しておきながらこれまであまり出てこなかったもの、すなわち日記らしい日記にあらためて触れてみたい。それも、本来ならお見せするようなものでもない、日常の記録を。当初、この手のものを扱うつもりはなかったが、ここまで読んでくださったかたには興味深いかもしれない。

先にお断りしておくと、これらの日記に出てくる事実は、すでに過去の小説などに染み出ている。あるいは、のちになってぼくが書いたことが、時間をさかのぼって過去の事実へと染み出している。いや、適当なことを言った。申し訳ない。――まずは、ヤフオクで石を買ったという話から。

＊

石を買う（二〇〇九年十二月二十七日、ｍｉｘｉ、宮内三十歳）

「お得！」「ウィンウィン！」な買い物をすること自体が嫌なので、ヤフオクでなんの変哲もない石を買った。

・触れこみ

＞自分の父親が生前収集し長年玄関に飾ってあった物で、どこで入手した石なのかよく判りません。

＞磨きは父が綺麗に施した物で、台座も父の手作りの物です。

＞何という石なのか、今となっては父に確かめようもなく、父が手間を掛けた分と石のサイズから一〇〇〇円よりの出品とさせて頂きます。

うんうん。

＞ご参考までに父が生前在住した土地を記載しておきます。
＞（原石の収集を始めた頃より）
＞
＞新潟県　両津市（佐渡島）
＞　↓
＞三重県　鳥羽市・志摩市
＞　↓
＞岩手県　宮古市
＞　↓
＞青森県　八戸市
＞　↓
＞静岡県　下田市（伊豆）

オッケー、これで行こう。入札。

・取引時のメッセージ

＞実は今回落札頂くまでの間他の原石と共に保管しておりましたが、保管中に原石の最上部が一〜二ミリ欠けてしまいまして、勿論研磨を施しまして外観的には画像の物と殆ど変わりが無いのですが、最上部の尖がった部分がやや丸くなってしまいました。

＞その様な訳で今回落札金額の方は半額の五〇〇円にさせて頂きます。

＞只、あくまでもお取り引きですので××様の方でお気になさるようでしたらキャンセルもお受け致しますのでご連絡下さい。


少し「お得」になってしまった。

・返答

＞特に気にいたしませんので、お売りいただければと存じます。

＞石の外見が気に入ったというのもありますが、それ以上に、××様の紹介文や石の経歴が気に入り、入札させていただきました。

＞ということもあり、値引きについては大変ありがたくはあるのですが、なんとなく申し訳ない感じもいたします。

＞そこで、間を取って、七五〇円ではどうでしょうか。

＊

これは雰囲気的に伝わると思う。資本主義に一矢報いたいようなそういう気持ちがあって、なんの変哲もない石に値段をつけて買ったわけだ。この当時は技術部長という肩書きになっていて、少なくともあまり詩的とは呼べない生活を送っていたことが関係してもいる。ぼくはこの石を買ったエピソードを気に入り、ことあるごとに使ってきた。エッセイには最低一回は書いたし、小説ではフィリピンを扱った長編（『遠い他国でひょんと死ぬや』）で一回。あと一度か二度、どこかで使ったように思う。

なんでこんな地味な話をと思うが、そういう性格なのだから仕方がない。

「イエメンでヒッチハイクをしたところ、武装集団が大量の突撃銃を運んでいるワゴン車を停めてしまって、でも親切に乗せてもらえた」みたいなエピソードも本当はわりとあって、むしろそっちのほうが鉄板っぽいのに、どうもぼくは自分の体験を面白おかしく語るのを避けるというか、自分をつまらなく見せたがる傾向がある。面白おかしく語ることで、大切な記憶が自分のなかで戯画化していくのが嫌なのかもしれない。そういえば、イエメンのこの話をするのだって、今回がはじめてであったかもしれない。いったいなんのために行ったのだろうか。

と、石の話はこれで終わり。

次は会社での話だ。これも、気に入ってこれまで何度か使っている。

*

ゼンマイ（二〇〇九年三月十二日、mixi、宮内三十歳）

月曜の朝のこと。会社の外で煙草を吸っていたら、修理部門のKさんが帰社してきた。

「お疲れさまです」

Kさんが煙草を吸うでもなくその場に立ち止まったので、ぼくは向かいのベランダを指差した。「ずっと気になってたんですよ。あそこの、物干し竿をかけるところ」

「え？」「見てください。右側のほうが、左側より二十センチくらい低い」

沈黙。

「あはは。ほんとだ」「あれだと、洗濯物、寄っちゃうと思うんですよね」「……昨日、結納済ませてきたよ」「マジで？　いよいよですね」「うん」「こういうとき、なんて言うんでしょう。おめでとうございます？　うーん、なんか変だ」「まあ、つつがなく」

向かいで吼える犬。目の前を通る営業職っぽいビジネスマン。それらが、記号のまま、右から左へと通り過ぎていく。主体性。マネージメント。コンプライアンス。でも対外的なもんがあるからさ。その件は、既成事実だけ先行したりはしませんか。……駐車場では梅の花がもう満開になっていた。ぼくはそこに、なんらかの詩的表現をあてはめようと言葉を探し、そしてやめた。この財産は、もうこれ以上消費したくない。汚すよりは、まだしも流れ、消えゆくままがいい。

「相手のお父さんの寂しそうな顔を見てね、〝今度遊びに来ていいですか〟とか言っちゃった」「…………」「やべえ、いつ行こう、って思ってね」「はは。余計なことを」「まったく」「でも、心の声だったんでしょう。〝今度遊びに来ていいですか〟ってのもまた」

ああ。口走った。

「そうなんだよ」「……あともう少しでも、そういう声に従いながら生きられればいいのに。そう思いませんか」「動きつづけよう。立ち止まったそのとき、もう、ゼンマイが切れる」「ええ」

＊

これは把握している限りでは、まず日経新聞のエッセイに書いたことがある。それから、『文學界』のジャズ特集に寄稿した「暗流（アンダーカレント）」という短編にも出る。ほかにもあるかもしれない。だからこれは、自信作ということになる。自信作も何も現実に起きたことで、その現実を流用しているわけだから、自信を持つべきはぼくではなく現実のほうなのだけれども。

「洗濯物、寄っちゃうと思うんですよね」

みたいな台詞をもっと書きたいと思うが、こういうふとしたやつを思いつくのはなかなかか難しい。かっこつけた台詞はたくさん書いてきたけれど、心の奥底では、「洗濯物、寄っちゃうと思うんですよね」のほうが書くべき何かであると感じている。

その少しあとの箇所、「なんらかの詩的表現をあてはめようと言葉を探し、そしてやめた。この財産は、もうこれ以上消費したくない。汚すよりは、まだしも流れ、消えゆくままがいい」は、このままではわかりにくい。のちのエッセイ版では、こういうふうに書き換えられている。

「会社の道沿いの梅の花が満開になっていた。ぼくはそれを頭のなかで描写しようとして、かつて感じたことのある叙情や、かつて書いたことのある表現を検索して——それから、内的な蓄えのようなものを切り崩しているように感じ、やめてしまった。描写できないなら、描写できないままでいいのだ」

なんかこう、エッセイということもあって読者を意識していることがうかがえる。そして皮肉なことに、オリジナル版のほうがいい。しかも、書き換えたバージョンもやっぱりわかりにくい。そこでみたび説明すると、つまりは、小説を書くために培った言葉の技術は、小説以外のことに流用せず、もし小説家になれないならばいっそ忘れ去ろうという、そういう心情があったわけなのだ。そうする限りにおいては、たとえ生活に埋没したとしても、自分は作家でいつづけられる。

こういうふうに書けば、どうだろう、だいたい半々くらいで伝わるだろうか。

これでわからなければ、「なんかよくわからない頑固者が、小説というものに対する謎の信仰告白をしている」くらいの理解でいいと思う。それでだいたい間違ってはいない。ちなみに、『彼女がエスパーだったころ』に収められた「佛点」という短編には、こういうくだりがある。

線路の向こう側——高架下の街路樹に、白い花が咲いていた。その周囲をネオンや電飾が瞬き、乱視によって滲(にじ)んで見えた。
景色は心に入ることなく、記号のように右から左へ通り抜けていく。ふと、自分の感性の摩耗が気にかかり、かつてそうしていたように、目の前の景色を文章化してみようと試みた。いくつか常套句が浮かんでは消えたところで、匙(さじ)を投げた。

ね、記憶で書くタイプでしょ。と、次もまた会社の一幕。こちらは、どういうわけか一度も使っていないはず。プログラマをやりながら、水彩画をはじめたころの話だ。

＊

雨（二〇〇七年六月九日、ｍｉｘｉ、宮内二十八歳）

「あ！」

声をあげ、思わず視線を集めてしまったので、咳払いをひとつ。「いや、ニューヨーク・タイムズのウェブサイトを見てたんだけど」「事件？」「フォントがTimes New Romanじゃない！」「死ね」「何だよ」「わはは」「バーガーキング行ってみる？」「今日もデイリー弁当かよー」「あー明日ぼく出張だから」「これチェックしてもらっていいですか」「小室出ないんだって？」

云々。

「『蟲師』全部読んだよ」「完結してんだっけ？」「いや、以下続刊」「ずいぶん長くやってるけどなあ。何年？」「ジャンプなら四十冊出てるよ」「暗算早いな」「ドラゴンボール読みたくなった」「完全版で何冊？」「げ」「三十四冊か。三万四千円」「ちょっと待って？」「何？」「いや。何々買う方がマシ、って言おうと思ったのに、どうせ買うもん本しかなかった」「ユウスケくん、今日は日本ではじめてアンコールがなされた日だよ」「まじすか」

とまあ、平和な昼休みを抜けて近所の文具店へ。だんだんと、画材が物足りなくなってきたのだ。隣駅の世界堂に行ってもいいのだけど、あえて近所の商店街の文具店に行きたいわけである。何でも揃えば、すぐ行き詰まるのが目に見える。後ろ向き？ そうかもしれない。でも百貨店を殺す言語を百貨店に見つける作業は、文章だけでもう一杯いっぱいだ。

そんなわけで、埃(ほこり)をかぶった画材たちからいろいろと発掘する。追加の筆と、金銀の絵の具。クレヨン。スクリーントーン。スクリーントーンというものは、どうしてこんなにも高いのだろう。

と、ここで店の奥に永井豪のサイン画が飾られていることに気づく。おお、こんなのあったのか。しかしノートの切れ端みたいのに、いかにも、なんだ――これは、殴り書きというやつではなかろうか。笑いを隠せないまま会計。

紙袋を持ち帰り、コーディング、ドキュメンテーション、デバッグ、夜。

「お疲れさまです」「お疲れ」「お先ー」「Kさん、絵描きにきません？」「わはは。どんな誘いかただ。でも、水彩って難っずいでしょ」「そうですけど、ま、ぼくはどうせ絵の才能はないと。それとようやくね、〝思い通りにならない〟ことを楽しめる心持ちになってきたんです。ちょっと前までは、脳味噌をフルに使ってどれだけ百パーセントに近づけるかだと思ってた」


そう、ぼくは〝ただ楽しむ〟ことがけっしてできない性格だった。創作も、ゲームも。食事や性行為も。これについては前にも書いた。不自由である。窮屈である。

〝ただ楽しむ〟をぼくは獲得できるのか？

そんなイカロスのごとき試みが、今回最大のテーマであったりする。


「でも、それもそれで、すっげえ大事なことだよね」「ええ。まあ、いまだに絵以外は全部そう思ってるんですけど」「で、どうなの」「いやー、初めて知りました。〝趣味でやる表現〟って、死ぬほど楽しい！」

みなミュージシャン志望とかなので、これには深く頷く一同。

「俺ね、小さいころ演劇やって、ライオンの役だったんだけど」「ええ」「そのお面をみんな作らされた。で、俺のライオンは、自分でも思うんだけどよくできてた。だけど初日に先生に呼ばれて、こら！　人にやってもらわず自分でやりなさい！　って。それ以来、絵を描こうと思わなくなっちゃった」「うわあ」「芽、つぶされましたね」「罪だなあ」「で、ほんとは誰が描いたんですか？」「それはね……っておい、第二の先生現れたよ」「はは」

ぽつり。

「でもユウスケくん、ちょっと本気になってきちゃったでしょ」「あー。いや、バレた？」「見りゃね」「……は」「あれ。雨？」「ですね」

＊

けっこういいことが書かれているわりに、この記憶は流用されていない。余計な創作論みたいなものとつながりかねないからかもしれない。でもこの日、外で話していてぽつぽつと雨が降り出した瞬間、わりと楽しい心境にあったことは覚えている。

「百貨店を殺す言語を百貨店に見つける作業は、文章だけでもう一杯いっぱいだ」は補足が必要だろうか。なんか伝わる気はするな。でもまあ、一応やっておこう。

「百貨店」とはつまり、なんでもあるがゆえに何もないような、そういう状況を指している。でもそれに抗う武器も、やっぱり百貨店から買い求めるしかない。要はまあ、ポストモダニティの内側からポストモダニティを食い破ろうみたいな、そういう類いのことを考えていたのではないかと思う。うん、申し訳ない。最後のは忘れてほしい。

「〝趣味でやる表現〟って、死ぬほど楽しい!」

の一言は前向きなもので、心からそう思ったのだと察せられる。ただ、こういう解釈もできる。つまり、小説家になれない未来が見えてきて、それに備えようとしているのだと。この手の「なんでもない日記」は、今回探してみたら思っていたよりもいっぱいあった。もっと紹介したいけれど、残念ながらきりがない。次は、会社の昼休みの話を。

＊

コーランの落とし物（二〇〇九年八月六日、mixi、宮内三十歳）

近所のコンビニのレジの横に、こんな貼り紙があった。

「コーランの落とし物あります。心当たりのある方は××店××まで」

支払いを済ませ、会社に戻るべく店を出た。ワゴンの陰で涼む便利屋のお爺ちゃんと、ゴルフの練習にはげむ理髪師。トリミングをすませたばかりのマルチーズが道を横切った。蟬の声。夏だ。戻ったら、まずは報告書。それからNの工数が空いたはずだから、……コーラン？

見間違いじゃないのか？

戻り、読み返すと、確かにそう書いてある。となればこの大塚のどこかに困っているムスリムがいて、一方では、聞いたこともないハードコアや南米のテクノの類いを平素かけているレジの女の子がそれを拾い、そのアラビア語か何かの本がまぎれもないコーランであることを確認したうえ、「この大塚のどこかに困っているムスリムがいる」と考え、しかるのち貼り紙を作ったに違いないのである。なんということだ。

ファイト人間。サラーム。

大塚には、ムスリムがけっこう多い。それは南口にモスクがあるからだと思うのだけど――祭には神社とモスクの提灯が二つ仲よく並ぶ――それにしても坂の下には日本最安とも言われるピンサロ街が広がるとともに新興宗教が勢力を広げ、そんな場所をムスリムの親子づれが胸張って歩くあたり、東京においてもけっこうヒューマン・ビーイング度が高い空間であるというか、なんかわりと世界でも類を見ない気がする。

一昨日などは、ピンサロ街のまんなかで迷子になった五、六歳のムスリムの女の子を見かけ、ここは多少なりとも語学の心得のある自分が声をかけトラブルシュートすべきだと思いつつ、しかし時世的に声をかけたら通報されそうでもあり、さりとて彼女が困り顔で「サロン・愛と恋 花びら二回転」などという看板を見つめている状況を放置するのはなんとなく人類的な罪であるような感じもするから、しばしダブルバインドに立ちすくみ、しかるに「えいやっ」と一歩踏み出したところで「山下書店」の袋を持ったお父さんが小走りに迎えに来たから安心した。

それにしても落とし物のコーランは、ちゃんと持ち主に戻るのだろうか。「クルアーン」とか表記するならまだしも、片仮名で「コーランの落とし物あります」などと書かれてしまって、その人は、いままさに目の前に捜し物がある奇跡をそれとわかるのか。心配だ。

だからつまり、平素から、聞いたこともないハードコアや極東のダブの類いをかけているレジの女の子が本を拾い、そのアラビア語のハードカバーなり豆本なりがまぎれもないコーランであることを電撃的なシックスセンスで理解したうえ、「この大塚のどこかに困っているムスリムがいる」と考え、貼り紙を作ったに違いないのだけど、でもたぶんその本が持ち主の手元に戻らない可能性はまあまあ高くて、ここ三年ほど近辺に住んできてだいたい知った気になっていたものだけれども、まだまだ大塚は奥が深く侮れないのだとファイト人間。サラーム。

昼休みはまだもう少しあったので、リサイクルショップっぽいことをはじめたらしい近所の便利屋の店先を眺めた。開店したばかりのころは、静かにつつましく営業していたのだが、このごろ、じわりじわりと道路に店先を広げだし、そのため、床屋・コンビニ・デザイン事務所・スタジオの立ち並ぶ交差点の長年のパワーバランスが変わりつつあって、だから床屋・コンビニ・デザイン事務所・スタジオに住まうネイティブたちは、先住民独特の危機感を抱きつつその様子を見守っているのだが、でもそのうちおまわりさんに怒られて店舗を縮小し、またじわじわ広げ、それを何度か繰り返したのち、つぶれるのだと思う。大塚。ああ、大塚。本当はこのへんは東池袋。

ふと、足下の段ボールに値札のないアルトリコーダーが挿さっているのを見かけ、店員の女性に「いくらですか?」と聞いてみたところ、考えていなかったらしく、しばらく悩んだのち、「二五〇円……くらい?」というので、そのオフビートな感じが気に入り、また、笛のヘッドのあたりになんともいい角度でチューリップのシールが貼ってあるので、二五〇円を支払ってアルトリコーダーを手に入れ、少年がサトウキビを手に大股に野原を歩くみたいにして会社に戻った。

「みんなリコーダーを馬鹿にするが、これは素晴らしい楽器なんだ!」と会社に戻って力説していたら、「ビブラートが大変なんです」と音大出身のプログラマーが実演してくれて、確かに大変そうだけど、どことなく雅な感じもして、リコーダーってビブラートができるんだと思うとともに、ちょっと見入り、仕事に戻った。

＊

このコーランの話はとても印象的で、いまもその貼り紙を思い出せる。これも何かに書いたと思う。忘れていたのは、この当時の大塚から東池袋にかけての一帯の、聖性と汚穢が混在したようなごった煮の雰囲気だ。日記を書いている本人は、街のその感じを特に疑いなく気に入っている。

本当は気に入っていなかった。

それは、いまはじめて気がついた。ぼくはあの街をソドムの町のようだと思いながら、しかしそこに文学的な見どころめいたものがあると考え、それをもって無理にでも気に入ろう、適応しようとしていたのだ。しかしながら、その後再開発が進んできれいになってきた大塚は、それはそれで、ものたりなくもある。勝手なものである。

最後は夢日記で締めてみたい。これは逆パターンというか、これまで旅をしたり本を読んだりして醸成されたなにがしかが、夢に現れてきたもの。つまり、ぼくにとって創作と夢はかなり似ていることになる。野暮を承知で一言だけ附しておくと、ここには、ぼくにとって小説家とはどういうものかがかなり明確な形で表れている。この夢は、第一作（『盤上の夜』）に形を変えて出現した。

＊

戦士と杖（二〇〇七年四月四日、夢日記、宮内二十八歳）

ぼくは陸の孤島にいる。パキスタンの山奥にある、部族の自治する高地の集落。旅行者からは桃源郷と呼ばれる場所だ。山のふもとのほうから見ると、村は一つだけのように見える。実際はその奥、デルタ状にきり立った斜面のさらに向こう、天高く登ったところに、もう一つの集落がある。そちらにはイスラムのシーア派が住んでいる。ぼくと友達は、いまその第二の村に閉じこめられている。

村は代々、砦としてこの隔絶された土地を守ってきた。それがいま、政府軍にとり囲まれている。ふもとはもう占領された。村長に恩義のあるぼくらは、村人たちと運命をともにする覚悟をきめている。

険しい地形のこと、うまく築城できれば政府軍を追い払えると村人たちは信じている。これまで、そうしてきた通りに。

でも、そうではないのだ。いま隣国との関係が悪くなっている。政府は攻防の要として、この国境近くの地域を本気で押さえにかかっている。ぼくらは村長を説得しようとするが、相手は微笑とともに首を振るばかりだ。そんなこと、とうに知っているのかもしれない。

ぼくら二人は村長に特別に気に入られている。勇敢な戦士と、冷静なビジネスマンのコンビと称されて。後者がぼくだ。本当は、二人とも素性は知られている。呼吸するように国境から国境へ向かう根っからの旅人と、世を見てそれを書きたいと旅する人間。ぼくらは洞窟内でのミーティングに参加している。かつて、ふもとの村が政府に併合されたという、そのいきさつを村長が語る。他愛のない語彙の間違いがあったので、指摘したところ、「そういうときは黙ってるもんだ」と兵の一人にたしなめられた。

ときおり、「何かが登ってくる!」との知らせに会議は中断する。そのうちに、本当に斥候か何かが登ってきたらしい。ぼくら二人は村長の前に集められた。「そこに並んで」と、村長がじっと目をのぞきこんでくる。「ビジネスの方だな」とぼくが指名された。

交渉事だろうか、と考えながら、狙撃を気にしつつ外について出る。選ばれたのが嬉しく、役に立ちたい。尾根の上に出た。空気は澄んで、谷あいは霧がかっている。村長は口を結んだまま、シラカバか何かを削った古びた一本の杖を手渡してきた。息がつまった。ぼくはすべてを了解した。

歩き出そうとしたが、ぼくは耐えかね足を止めた。「ぼくはね」と大声で宣言した。住人たちが驚いて注目した。「ほんとうに、いつもずっと、戦士になりたいと願ってきたんだ」

いいようのない孤独とともに、ぼくは一人山道を下りはじめる。いつもそうだった。ぼくだけが生かされ、ある一つの運命を背負わされる。

12. それがどれだけしょうもなくとも

なんでかわからないけど皆知っている豆知識というやつがある。たとえば、人体が新陳代謝によってだいたい三ヵ月で全部入れ替わること。落ち着いて考えてみると、「脳細胞って再生しなくない？」とか「腎臓の糸球体はどうなの？」とか「心筋は？」とか、とめどなく疑問は浮かぶ。このへんは将来のテクノロジーに期待するとして、現状、我々はよくも悪くもテセウスの船にはなれないようだ。しかしおおざっぱには、やはり人体というものは三ヵ月くらいで入れ替わるとしたものらしい。

そうでなくとも、十五年前くらいの自分はやはり他者のように感じる。他者に見えるからこそ、自己愛のくびきから逃れ、距離を置いて見られる部分もあるかもしれない。もちろん変わらない部分もある。人は二十歳を超えたら変わらないと教えてくれたのは、はじめて就職した会社の社長さんだ。経営者として多くの従業員と接し、「人は変えられない」と結論した瞬間が過去あったのだろうと察せられる。あれは知見であったと思う。

個々人によっても違う。一種異様なまでに一貫している人はいるし、逆に、気がついたら陰謀論とかに染まっていた人もいる。比べると後者が多く見える。そうすると二〇二〇年代現在は、自己が次々と上書きされやすい情報環境がまずあり、それゆえ過去の自分というものが帯びる他者性が、昔のそれよりもだいぶ高まった時代なのだと指摘できるかもしれない。もしそうならば、人が二十歳を超えたら変わらなかったころとは、もはや違うということだ。

というのは嘘で、すぐに社会批評っぽいことを言いたがる癖は昔から変わらない。人が変わる生きものであることは、過去幾度となく指摘されてきた。親友から突然おかしな宗教に勧誘されたり、遺産相続で血のつながった相手と揉めたりした人はいっぱいいるだろう。というかこれらは人の変化ですらなくて、もともと誤解していたのが、事件を経て正しい理解に至っただけかもしれない。観測側の問題という意味では、現在のぼくが現在の基準で過去の日記を選別している時点で、この本には不確定性原理にも似た何かが発生しているとも言える。

なんにせよ、人のOS的な部分は基本的には変わらなくて、搭載されるアプリケーションがそのつど変化しているというのが、雑ながらも、まあまあ無難な理解になるだろうか。もちろん例外はあるし、あとはそう、認知症とかそういう病だってある。抗鬱剤を服むの前とあととで、人は連続しているのか。酒で陽気になった人は本当にその人なのか。

こんな話をするのは、ここまで過去の日記を扱ってきて、そこにあったいわく言いがたい現在との距離感が興味深かったからだ。しかしそれにしても、なぜぼくは、こうも雑多なことを頼まれもしないのに書き残してきたのだろうか。それと小説を書くという行為に、何か関係はあるのだろうか。

そもそもの話、ぼくは日記と称しつつ、実際は無意識のうちに小説を書いていたのかもしれない。正確には、小説を志向しつつ小説に至らなかった、小説未満のなにがしかを。たとえばこれまでに書いてきた本を、第一作、第二作、と数直線上に並べてみるとする。その数直線の逆側、第ゼロ作、第マイナス一作といったものを想定すると、これまで扱ってきた日記は、それなりにすんなりと、その椅子に収まるように感じられる。

連続性はある。それは当然だ。

そしてまた、断絶もある。ぼくはこれまで自分が書いた本について、他者の書いたそれのように見えることがわりとある。そこに書かれているのは過去の考えであるし、この感覚がうまく伝わるかわからないのだけれど、一度吐き出した小説は、「それそのもの」ごと自分から抜け落ちるように感じる。だからシリーズものとかを書くのは得意ではない。同じように感じる同業者はけっこういるはずだ。もちろんそうじゃない人もいるだろう。それは人それぞれだ。

脳細胞を再生させて置き換えるのは、現時点では簡単なことではない。腎臓の糸球体や心筋もまたしかり。二〇二〇年代になっても、まだこのへんの融通はきかない。でも、精神はどうだろうか？　過去に書いたものが他者のそれに見えるということは、つまり書くという行為によって新陳代謝が発生したか、または新陳代謝が可視化されたということだ。そしてたぶんぼくは、書くことによって精神が新陳代謝されることを求めている。言い換えるならば、こう。

書くという行為は、あるいっときの自分を、他者へと置き換える行為であるのだ。

＊

はじめて雀荘に行った日（二〇〇九年五月五日、ｍｉｘｉ、宮内三十歳）

高校のころ、はじめてフリー雀荘というものに入った。財布には二万円入っていた。ぼくが最初に手にした原稿料だった。内訳は四並びの四万円。半分を親が徴収し、残りが二万。

朝から卓についていると、いろんな人たちが卓については出ていった。暇そうなタクシーの運転手。「發」を「アオ」と発音するおばあちゃん。学生。キャバ嬢。サイコロをふって、「お願いします」と言うと相手は苦笑する。何しろたかだか点5（千点五十円）のフリー雀荘だ。でも、ぼくにとっては、なくなればそれで終わりという二万円だ。一秒一秒が重く、空気ははりつめていた。

熱気があり、笑い声があった。夜になっても消えない光があった。店の底に、地熱めいたものを感じた。これから何かが生まれようというとき、じわじわと人の足下を焼き焦がすあの熱を。客たちはめまぐるしく卓を出入りした。ラス半！　モロ乗りだあ。優勝は三番さんです。それで俺は言ったわけよ。彼女、何持ってきたと思う？　代走入ります、……

大袈裟に言えば、ぼくは自分が外へ飛び出ていくさまを肌で感じていた。社会の外へ。重力の外へ。自分の外へ。ぼくはさまざまな場所へと根を伸ばしはじめた。クラブへ。イベントへ。はずれものたちの世界へ。

もちろん、一人前でもなんでもない。ぼくはどこまでも親の庇護下にいた。夜が明ければホームルームと数学の授業がある。何も変わらない、どこにでもいるただの子供。でもあの店に入ったそのとき、ぼくは生まれてはじめて自分の主人であることができたのだ。

二万円が溶けるまでには、だいたい一週間くらいかかった。

アリアリを、と言ってぼくは砂糖とミルクの入ったホットコーヒーを注文する。はじめて知ったこの表現を、ぼくは気に入っていた。ぼくは自分が何か特別な暗号を手にしたかのように感じていた。

だから、ぼくが「アリアリ」と言うとき、それは違った意味を持つ。この件について、ぼくは人からとやかく言われたくはない。

ぼくが一番好きな映画は、一九三〇年ごろに作られた『グランド・ホテル』だ。

舞台はベルリンのグランドホテル。一見栄華を誇っているようでいて、実際は、いろんな事情のある人たちが集まっている。たとえば、心を病み、過去の栄光を振り返るばかりの踊り子。会社がつぶれるかどうかの瀬戸際に立たされた経営者。借金を作って、ホテル盗賊へと身をやつした男爵。なかでもぼくが好きなのは、余命いくばくもないと宣告された工場の帳簿係だ。なけなしの金を手に、彼は人生最後の贅沢をするため、グランドホテルに部屋を取る。

それまで生きてきて、楽しいことなんて一つもない。一生かけて貯めた七千マルクが彼のすべて。身なりも垢抜けなくて、いい部屋に泊まりたいのに、それすら思うようにはいかない。そんななか、彼はホテル盗賊の男爵と出会う。そして……二人は、友達になる。

彼はみっともなくて惨めな男だ。一人、ホテルのなかで浮いている。何度も何度も、「高価な銀器、シャンパン、キャビア」などと口にする。仲良くしてくれた男爵には、お礼にと金まで払おうとする。でも男爵は見捨てず、帳簿係にいろいろなものを見せてやる。百六十キロで走る車。飛行機。女性とのダンス。服も、新しいものへと替えさせた。

ホテルのバーで、帳簿係は「何か冷たくて甘いもの」を注文する。

そこで出てきたのが、ルイジアナ・フリップというカクテルだ。

それから彼は、来る人来る人にルイジアナ・フリップをすすめる。でも、どうもその場にはそぐわない酒だったらしい。ほかの人たちは、アブサンとかその手のものを頼む。そのうちに工場の社長が現れ、彼の時間を奪おうとする。そのとき、帳簿係ははじめて逆らい、口答えをする。私はもうじき死ぬ。でも、生まれてはじめて、自分の人生の主人になったんだ！

ルイジアナ・フリップ、と彼はくりかえす。その姿は、酒よりも、ルイジアナ・フリップという言葉そのものに執着しているように見える。おそらく彼のなかでは、自由とか人生の楽しみとか、自分が自分という一人の人間の主人であることとか、そうしたいっさいがルイジアナ・フリップという語に仮託されていた。だからこそ、それを他者にも分け与えようとした。

◇

そういうわけで、ぼくはアリアリという言葉が好きだ。普段飲むのはブラックだけれど、雀荘ではアリアリを頼む。しかし、いまどきアリアリなどと注文する人がいるのかどうか。三千九百点が「サンキュー」から「ザンク」へと変わったように、それは移り変わっていく種類の表現である。でもそれこそが、ぼくにとってのルイジアナ・フリップなのだ。むしろ、滑稽(こっけい)であればあるほどいい。洗練されていないほどいい。泥臭いほどに、そこに自由の原形を感じられる。

ろくに勉強せず賭け事ばかりやる息子に、母親はすっかり業を煮やしていた。だからというわけでもないのだが、あるとき、はじめて雀荘に行った日のことをぼくは詩に書いた。

「わかったよ」とそれを読んだ母が言った。「好きなようにやんな」

そうして、ぼくは勉強を始めた。

人に干渉しちゃいけないなんてのは嘘だ。どう考えても、ぼくも、人も、どうしようもない生き物である。嘘つきだし、約束だって平気で破る。思うに、人は物事を悪い方向に進めることにかけては天才だ。周りから干渉していかなければ、どこまでだってダメになる。そう思う。

◇

だけど、その人がその人の主人であるということが、結晶化されたような言葉がどこかにある。その人の心のよりどころとなるモチーフめいたものがある。どんなに馬鹿げて見えようとも、いいものであれ悪いものであれ、少なくとも、それは気安く触れていい類いのものではない。

問題は、その人にとってのルイジアナ・フリップが何かということだ。人によっては、それは旅することかもしれない。人によっては、それは生活のなかにこそ宿るのだろう。あるいは、馬鹿げた小博奕(こばくち)がそうかもしれない。なんであれ、それぞれが自分のルイジアナ・フリップを大事にしていければいいと思う。何をもって自由と感じるか。それは人それぞれ違うのだから。

ぼくが試験中に雀荘に誘い出した一人は、そのまま赤点を取って放校処分になった。翌年、つるむようになったもう一人は、初日に「鳴きイーペーコー」のチョンボをやらかしてから強くなり、気づけばホテルと雀荘を行き来する生活を経て、その後留年した。

ぼくはといえば、勉強して進学し、普通に卒業した。

それから漠然と、自分が卑怯者だと感じるようになった。自由のような何かを人に提示しておいて、自分だけは絶対にアウトサイダーにはならない。ぼくは、自分が偽物だと感じていた。それからバックパックを担いで日本を出たのは、だいぶ先、二十四歳になってからのことだ。

◇

放校処分となった生徒の母親からは、「息子が帰ってこない」と家に電話がかかってきた。もう一人、留年した生徒の母親は、ホテル暮らしをする息子の部屋のドアに「いいかげんにしろ」的な貼り紙をしたらしい。もしかすると、二人は好きなようには生きられなかったし、好きに生きている実感もなかったかもしれない。

きっと、彼らは詩を書かなかったのだ。

ルイジアナ・フリップというカクテルは、いまはない。レシピは以下の通り。

2オンスのホワイトラム
1／2オンスのコアントロー
1／2オンスのオレンジジュース

バースプーン2杯のグレナディンシロップ

卵

＊

ぺたりと貼りつけてみたはいいけど、めちゃくちゃに恥ずかしい。

そして賭博罪を構成している。高校生当時の話なので、風営法にも違反している。一応時効ではあるけれど、そんなことはどうでもいい。この話は、自分のコアにかなり近いものだからだ。そのコアがわりとしょうもなかったという、気まずさのようなものまで含めて味わい深く感じたので、今回、最後の日記としてご紹介することにした。

なお二〇一四年の日経新聞にこれを変形させた話を書いていて、出来はそちらのほうがいい（賭け麻雀の件はぼかした）。でも例によって例のごとく、強いパッションが感じられるのはこの元バージョンのほうだ。頭から順に見ていくので、しばしおつきあいのほどを。

まず「最初に手にした原稿料」とは何か。

ぼくのデビューは三十代を迎えてからではないのか。この箇所は、「バイト代」とでも改竄（かいざん）してお茶を濁そうかと一瞬迷った。実際バイトもしていた。が、「最初に手にした原稿料」というフレーズからは、日記を書いた当時の、強い思い入れが伝わってくる。それを消すのは、自分への裏切りだと言えそうだ。

原稿料とは、当時、とある技術誌に書かせてもらったときのもの。これについて詳しく言いたくないのは、単純にその原稿がしょうもなかったのと、また技術ゼロの人間が技術誌に書くという許されざる行為があったからだ。だから永遠に封印したい。こう書くとむしろ興味を惹くだろうことはわかっているのだけれど、見つけたところで特段面白い内容でもないと念は押しておく。

つづく「キャバ嬢」という表現は、文脈にもよると思うけれど、少なくともこういう書きかたは現在は好まない。特定の職業に特別な意味を一方的に見出して、そしてその意味を当事者に押しつけるような、そういう鈍感さというか、無邪気な暴力性が感じられるからだ。ちなみに日経新聞版では「水商売の女の人」となっていた。商業原稿ではそんなところだろう。が、雰囲気があるのは元バージョンでもある。そのことは、ぼくが無配慮であったこととわかちがたく関係している。このあたりの判断は保留したい。

点5というのは「テンゴ」と読み、どれくらいの金額を賭けるかを指す。この場合は、千点あたり五十円。店にもよるけれど、四着になるとだいたい三千円くらいを失う計算だろうか。このさいだから開き直ってもっと書くと、これより高い店にも行っていた。が、ぼくに麻雀を教えた大正生まれの祖母から、「親のすねをかじっているうちは点5で我慢しなさい」と叱られてしまい、これにはかなり迫力と説得力があったので、したがうことにした。それにしても、この程度の話すらこのごろやりにくくなっていることには、いい悪いではなく、驚く。

と、ここに書かないと永遠に忘れ去られるかもしれないので附記しておくと、戦後のどさくさで土建業を成功させた祖父に嫁いだのがこの祖母で、祖父がやくざと揉めたときには、先方の事務所か何かに白装束で乗りこんで話をつけたという逸話がある。親戚の誰かが話を盛った可能性はあるが、ぼくの脳内にはいまもそのワンシーンが鮮明に焼きついている。亡くなったのは二〇二〇年の九月、コロナ禍の初期だ。勝手に棺にカード麻雀のセットを入れた。

この次に出る表現は、これまで形を変えながら幾度か使ってきた。

「自分が外へ飛び出ていくさまを肌で感じていた。社会の外へ。重力の外へ。自分の外へ」がそれだ。これはまあ、なんとなくわかると思う。既存の価値観というか、それまでの思考のフレームのようなものから一歩抜け出したときの、青年期のあの感覚だ。

「クラブへ。イベントへ。はずれものたちの世界へ」は、主観としては確かにそうであったのだけど、盛られている。まれに誘われて行った程度だ。でも、急激かつ加速度的に世界が開けていくあの感じは、いまも忘れがたい。ぼくはサブカルチャーによって世界が開けた。だから下位文化も上位文化もなくなったような現在の状況は寂しく思う。それでも、当時のぼくと同じような感覚をいま現在抱いている十代はきっとそこらじゅうにいることだろうと信じる。

「二万円が溶けるまでには、だいたい一週間くらいかかった」とある。「溶ける」は博奕でよく使われる言葉で、金がなくなっていく過程を指す。つまり一週間くらい雀荘に通って、ついに二万円がなくなったわけだ。早いとも言えるし、頑張ったほうだとも言える。

映画『グランド・ホテル』についての説明は別にいいだろう。

「グランドホテル形式」という、物語の枠組みの名前にまでなっている古典だ。いま現在一番好きな映画はと問われれば、エミール・クストリッツァ監督の『ライフ・イズ・ミラクル』を挙げるかもしれない。そういえば少し前、この監督がプーチンにおもねったことで批難を浴びたが、実際に話してみたところでは（インタビューする機会があった）、もう少し、というかだいぶ複雑な思想の持ち主だとは感じられた。

つづきに入ろう。

「アリアリ」という言葉を好むことについて、「滑稽であればあるほどいい。洗練されていないほどいい。泥臭いほどに、そこに自由の原形を感じられる」とある。先ほどの「コアがわりとしょうもなかったという、気まずさのようなもの」を打ち消し、肯定に転じさせているわけだ。レトリックではある。ただ、結果としては何かを射貫いていたかもしれない。滑稽であればあるほどいい。洗練されていないほどいい。泥臭いほうがいい。このごろ、ちょっとそのことを忘れていた気がする。

母親を詩で説得したというのは、これだけ見るとだいぶクレイジーな行動に思える。さすがにこれには背景があって、というのもうちの母はずっと詩を書いていて、その彼女に考えを伝えるにあたっては、詩はかなり適切なやりかたであったのだ。で、好きにやれとひとまず信じてもらえたので、なぜだか勉強もする気になった。この心理について、説明の必要はないだろう。

「人に干渉しちゃいけないなんてのは嘘だ」云々はどうでもいい。現在はこう思う。相手によっては干渉したほうが愛があるし、相手によってはその逆だ。しかし「人は物事を悪い方向に進めることにかけては天才だ」は実感のこもった真実だと思う。

ポイントはこのあとだ。「自分が卑怯者だと感じるようになった」のあたり。

ぼくのぼくらしいところというか、性根がわかりやすい形で表れている。そもそもぼくは堕落を志向する面がある。「はずれものたちの世界」を（だいぶ自己陶酔的に）求めたのもそう。それなのに、最終的にはドロップアウトせずにとどまる。先日、高校生直木賞をいただいた際のイベントでは、こんなことを話している。

「麻雀は高校一年生のとき、試験期間中に麻雀に誘った相手が留年・放校となってしまいまして。私は心のどこかで堕落を志向していながら、それでいていつも自分だけは最後まで堕(お)ちない。それを負い目として感じています」

日記中、対応する箇所は以下だ。「自分が卑怯者だと感じるようになった。自由のような何かを人に提示しておいて、自分だけは絶対にアウトサイダーにはならない。ぼくは、自分が偽物だと感じていた」がそれで、これはまったくの本音である。つづく一文、「それからバックパックを担いで日本を出たのは、だいぶ先、二十四歳になってからのことだ」はなんだか飛躍しているけれど、でもまあわかるだろう。偽物ではなく、本物になりたかったのだ。

もっとも、アウトサイダーとなった二人やその母親について触れる一連の箇所は感心できない。まず、彼らが放校や留年を「選んだ」のは彼ら自身の主体的選択であり、ぼくがそれをもたらしたわけではないからだ。それを自分のせいだと考えるのは、自己愛のもたらした関係妄想にほかならない。そのことはちゃんと自覚しておいたほうがいい。その上で、ぼくはぼくの罪悪感を大切にするべきなのだ。また、彼らの内面を勝手に想像するのも、暴力以外の何物でもないだろう。

ただ、自分を卑怯者だとする意識は、ぼくにとって書くという行為の、なんらかの核心に迫ってもいそうではある。自由のような何かを人に提示しておいて、自分だけは絶対にアウトサイダーにはならないことや、その負い目。自分が偽物だと感じていたこと――。前回の最後に紹介した夢日記（「戦士と杖」）や、それに附した説明と見比べてみてもらえると、わかりやすいかもしれない。結局のところ、ぼくは皮肉にも最初の段階から手にしていたのかもしれないのだった。自分があることの真髄だと信じる、その何かを。

まとめのようなもの

明治大正期の洋画家詩人、村山槐多の手による「ピンクのラブレター」なる怪作がある。というか槐多の有名作は基本的に怪作な気もするけど、それはさておき、ぼくはとりわけこれが好きで、二十歳ごろには自分のウェブサイトに転載したりもした。どういうものかというと、年下の美少年にあてたとされるラブレターに、ピンクを基調とした絵の具を塗りたくって作品としたものだ。ぼくはこれに強い衝撃を受け、槐多のこととなると、ほかの作を押しのけて「ピンクのラブレター」の話ばかりをする暑苦しいやつになった。

それにしても、なぜあれがこうも刺さったのか。

たとえば、みずからの恥ずかしい部分をあえて公衆の面前にさらすことは、ままあることだ。そうすることによって、恥は余裕へと変わる。先んじて自分を笑えば、人に笑われずにすむ。でも、本当に誰にも見せたくないものを公開する人はあまりいない。なんとなれば、笑われるのが嫌であらかじめ自分を笑いものにするのは、要するにプライドが高すぎるからそうするのであって、だから本当に見せたくないものは見せない道理となる。黒歴史と自称される代物は、多くの場合そこまでではない。かくして真実は散逸する。が、「ピンクのラブレター」はどうだろう。なんていうか、ちょっとパンクすぎやしないだろうか。手紙の中身については本物だろうと考える。本当だったら見せたくないような、真実のど真ん中を射抜く代物であってはじめて、あれは「作品」となるはずだからだ。いやらしい現代風の言いかたをするなら、黒歴史のコンテンツ化、となるだろうか。でもそういう呼びかたはしたくない。ラブレターに彩色した作にとどまらず、村山槐多の作は絵であれ詩であれ、コンテンツなどではなく生命そのものだと感じられるからだ。

　本書が扱うのは、槐多ほどではないにせよ、そういう生命そのもののような文章の数々だ。もとは「デビュー前の日記たち」と称し、『群像』誌に連載したものとなる。恥ずかしくて、間違ってて、でもソウルだけは横溢（おういつ）していた昔の日記をいつか扱ってみたい気持ちがあり、それが実現した形になる。

『作家の黒歴史――デビュー前の日記たち』と改題したのは、「デビュー前の日記たち」の題では売れないだろうからと編集さんによって過激な題を強いられ……というようなことではまったくなく、連載途中にこの題を思いつき、それがよいと思い、こちらから積極的に提案してそうなった。

　過去の日記を現在の視点でサンドイッチする構成は、見方によっては、ラブレターをピンク色に彩色して作品とする行為に似ている。ただ、この本が自分の「ピンクのラブレター」だと強弁するつもりはない。連載中、村山槐多のことは忘れていた。が、青年期の自分を打ったあのラブレターを、はからずもなぞっていた面はあるかもしれない。

日記の選定にあたっては、なるべく、本当に見せたくない隠しておきたいやつを選ぶようにした。読んでいて恥ずかしくなって、思わず目をそむけたりなどしてもらえると、こちらもやってみた甲斐がある。が、黒歴史と題してしまった以上、こういう声があがることは避けられないだろう。

つまり、もっと恥ずかしいものはないのか。

本当に誰にも見せたくないものが、ほかにたくさん眠っているだろう！

ぼくならそう思う。というわけなので、せっかくだからもういくつか。まず、十六歳のころに書いた館ミステリの間取り図を掲載する（①）。どうだまいったか。

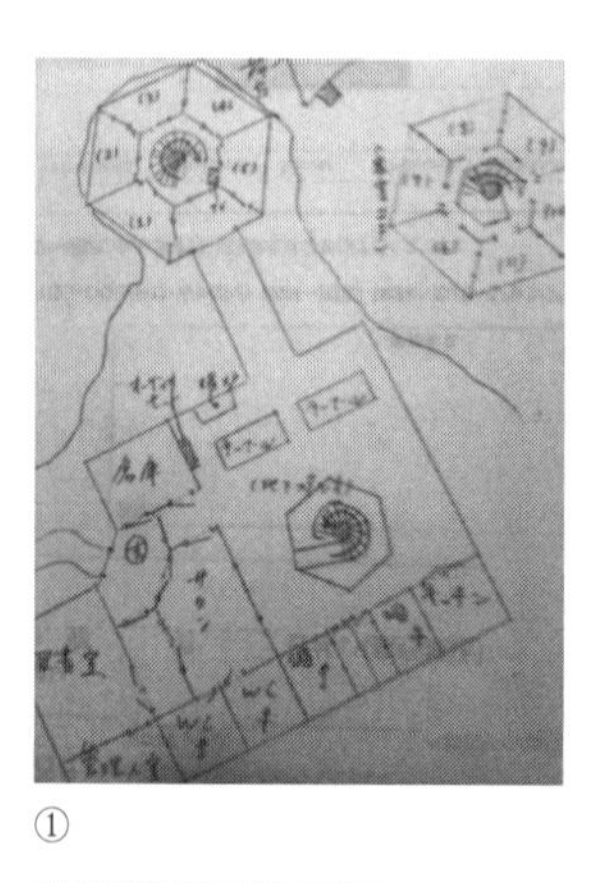
①

②

②はフランス語の教材のテープに自作曲を重ね録りしてアートだと言いはったやつ（画質が悪いのは昔の携帯で撮ったため、残念ながらこれらのオリジナルは行方不明）。

③は九歳かそのころのゲームプログラム。パソコンがないから紙に書いていたみたいだ。タイトルが、「やはりこうでなくては」と思わせる。そう、こういうやつだよ。

まだ恥ずかしさが足りない気がする。というわけで、十六歳の作をもう一つ（④）。題名と登場人物一覧だけでもうなんだか腹一杯になる。現在よりも字がうまい。実はトリックを覚えている。

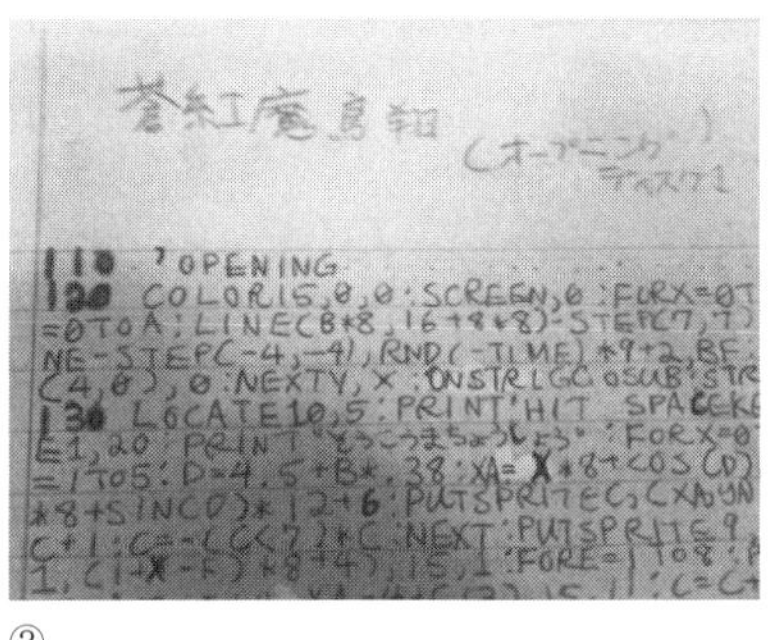

③

④

黒歴史とは何かの定義は難しい。そもそも誰視点でそうなのかという問題もある。シンプルに考えるなら、他者の目から見て黒いかどうかだから、それを決定するのは他者ということになる。しかしこの言葉にはけっこうな割合で自意識がまとわりついてもいるわけで、そうすると、自己の判断ということになるかもしれない。だとしても、同じ過去を誇る人もいれば恥じる人もいる。実際は、自他のあわいのどこかで、なんとなく決まるとしたものだろう。というわけで、最後は物量で攻めてみることにした。

　それにしても、ぼくはこの本で何を訴えたかったのか。

　価値観がどう変遷したかの俯瞰（ふかん）。得たものや失ったものの整理。かつての時代を振り返ること。自分にとって言葉とは何か。いろいろとポイントはありそうに思うけれど、読み返してみたところ、結局のところは生命そのもの――それも通常であれば発表されえないタイプの生命の息吹をお見せしたかっただけのような気がしてきた。つまり、恥ずかしくて、間違ってて、でもソウルだけは横溢していた昔の日記を。もちろん、いま現在も恥ずかしくて間違っていることは疑いない。今日は明日の黒歴史なのだから。

　と、この文章のあとには、文中で言及していた短編「暗流（アンダーカレント）」が掲載されるはず。これをくっつけた意図は、お読みいただければわかると思います。それでは、どうか最後までお楽しみください！

暗流

アンダーカレント

2008.5.19 Mon 23:07-

タイムカードを押して、はじめて時間を意識した。二十三時。まだ日付は変わっていない。帰ってもソファベッドで眠るだけなので、帰路と反対方向に歩いた。通りは暗い。開いている店といえば、チェーンのゆで太郎があるくらい。そのせいでもう五百回くらいは入った。

五分ほど先にある、サンシャインビルを目指した。

通りの向こう側に暗い野球場が、こちら側に郵便局がある。郵便局には二十四時間やっている窓口があり、そこだけぼうっと明るい。前に、ここで海外旅行用にトラベラーズ・チェックを作ったことがある。記憶のその部分だけ、なんだか観光写真みたいにくっきりしている。

文化会館ビルの前を右に折れた。このあたりから景色のスケール感が変わる。すぐそこにありそうな場所に、歩いても歩いてもたどり着けない。建物は分厚くて、コンビナートやショッピングモールを思わせる。通りの先に、というより頭上に、まばらに電気のついたサンシャインとプリンスホテルがある。

携帯を掲げ、誰に見せるでもない写真を撮った。

小さいころ、伯母につれられていったサンシャインシティで迷ったことがある。迷っていたそのさなか、ブティックやら何やらがやたら明るく見えたのをいまも憶えている。商品だけがあり、それ以外のものが存在しない世界が、不思議と爽快に感じられた。小さい子供がそんなことを考えるわけがないので、実際は、記憶が改竄されている。けれど、記憶に忠実に書くとこうなる。

夜の先のどこかにSがいる。

2008.5.20 Tue 23:39-

駅前のファミレスで特においしいわけでもないステーキを食べる。そこしか開いていなかったから、というのは嘘で、もっと早い時間であってもきっとぼくはチェーンに入っていただろう。ワープロソフトを開いてみるが、何も出てこない。コーヒーは半分だけ飲んで残した。

二十四時間営業をしている山下書店に入る。

新刊書や漫画、ビジネス書、と背表紙を見て回る。何がどこにあるかはすっかり把握してしまった。本を読む時間がないのに書店に来るのは、文化と自分をつなぎとめたいと思うからだ。本は読む時間のない人間までは救ってはくれないかもしれないが、ときとして、書店は救ってくれる。

読みもしない登山雑誌を買う。一二〇〇円。

ロータリーでローズピアノを弾いていた金髪のお兄さんが、JRの発車音に合わせて即興でユニゾンする。そういえば、あの発車音は実はヤマハのDX7で作られているとか。ウェブで知りあったプログラマのHさんからメッセージがある。短い近況報告に、独学でバイオリンをはじめたとあり、その一行が妙に印象に残った。本題は、新たなプロジェクトをはじめるので研究開発で参加しないかとの誘い。断る。

2008.5.21 Wed 24:17-

夕方、Sから着信があったのでタイムカードを押してから折り返した。

かつて、一人であろうとするぼくの世界を強引にこじ開けたのがSだった。Sが夜の向こう側へ去ったあとも、彼女はぼくと実世界の窓口でありつづける。用件は特になかった。キャバクラ時代の客の愛人になったはいいが、食事を作ってやるのが面倒だということ。月に五十万円くらいもらえるらしいこと。資本主義が自分にはあわないということ。エトセトラ。

Sは電話となると、躁状態みたいになっていつまでも話しつづける。途中から、適当に相槌を打ちながら仕事のプログラミングを進めた。はかどる。

愛人になったというSの話は、ぼくの側から語るとどうもファム・ファタル感が漂うというか、いまの価値観と合致しそうにない何かがある。現在の観点では、あるいはなかったことにされるかもしれない、そういう時間と空間があったということだ。

電話を切ると二時半。

空腹で胃のあたりが痛い。満を持して、ゆで太郎を決める。天ぷらそば。


2008.5.22 Thu 22:14-

チーフのYくんと飲みに出た。

いい場所はないかと言うので、ときおり立ち寄る北口商店街のバーにした。カウンターにシングルトンという酒があったので、シングルトンという言葉はソフトの設計にもあるのだと話す。Yくんがジュークボックスに硬貨を入れようとして、それは飾りですと申しわけなさそうに言われる。

仕事の話しかできないが、その仕事の話によって少し胃のあたりが弛む。

「部長はまあ金将のようなものです」

Yくんがそんなことを言う。

当時のぼくの肩書きは部長だった。仕事を請ける上でそういう肩書きの人間がいたほうが都合がいいのか、単にぼくの待遇を示す会社の都合か、とにかくなんらかの都合でそうなった。

「だから俺は飛車になりたいんですよ」

大事なことをどんどん忘れていくのに、どうでもいい会話の、その一部分だけが妙に記憶に残ることがある。長期記憶のバグのようなものだ。二人ともが、おそらくは積極的に凡庸であろうとして、凡庸な話をしていた。たぶんそれはある種の自傷だった。

二軒目を探すが、どこもホステスがいるタイプの飲み屋でショットバーがない。意気消沈して駅前で別れた。

2008.5.23 Fri 21:42-

早めに仕事が終わったので、生ピアノのあるスタジオに入った。会社が経営するスタジオなので安く使わせてもらえる。リトル・ピシュナで運指練習をしてから、休みの日に作ったアプリを立ち上げる。コード進行を自動生成し、ベースを演奏してくれるやつだ。画面に表示されるコードにあわせ、適宜テンションコードを弾いていく。

受付のカウンターに戻ると、アルバイトのMくんがクラフトワークを流していた。聴いたのは高校以来だ。クラフトワークって案外かっこいいのね、などと話す。その場でビールを買って飲む。

帰宅してシャワーを浴び、無地の水色のタオルで身体を拭く。タオルは、Sと暮らしていたある朝、ドアノブにかけられていたものだ。ぼくに見せようと思ってそうしたのだとばかり思っていたけれど、もしかすると、死のうと思ってタオルをかけたまではいいが、面倒になって寝ただけかもしれない。あえて捨てるのも馬鹿らしいので、タオルはそのまま使っている。

ぼくは要するに、文学を知っている自分ならばSをなんとかできると考えていた。それはつまり自己愛だった。だからSもぼくの信仰を壊したかったのかもしれない。

2008.5.24 Sat 19:33-

池袋駅まで歩いた。目印はごみ焼却場の煙突。昔、なぜかその煙突を焼場の煙突だと思っていた。大型書店で小説でも買おうかと思うが、新刊の背表紙がどうにも虚しいものに見え、マーケティングの本を二冊買った。Sの勝ち。喫茶店で二冊とも読み切る。メニューにパフェがあるのを見る。ときおりパフェに載っている、あのたいしておいしくもないさくらんぼに妙に惹かれる。注文する。八八〇円。期待通りにおいしくない。

廃墟めいた信仰の残骸ばかりが半端に残っている。

2008.5.25 Sun 16:45-

雨上がり。Sより電話。オーバードーズをして三日寝て、いま起きたところだと言う。そうかと応じる。ちょうど三日前に淹れた紅茶があったので、それを飲んでいると言う。そうかと応じる。うさぎが腹を空かせていると言う。それは可哀想だとうさぎの肩を持つ。ついては、家まで来てくれないかと言う。わかったと応じる。

誰か一人でも来れば儲けものだと思ったのか、Sが同じ電話をして呼び寄せた人たちが複数集まり、よくわからないことになる。心配そうにSの隣に坐る女の人、少し離れたところでチューハイの缶を傾ける青年、ほかにも人が出たり入ったり。ピンクの曲がかかっている。腹が減ったのでコンビニに出て弁当とお茶を買って戻る。隅で食べる。三日前からそのへんに転がっているだろうプレイステーション2のコントローラとディズニーのぬいぐるみがある。

グラスファイバーの破片に触れるような、ちりちりとした痛みがある。

帰りぎわ、おしゃれな色とりどりのタイルがエントランスの床に貼られていることに気づく。どうしてかその模様が焼きついて離れない。

2008.5.26 Mon 19:15-

よく見る夢。

土日を前に、いまから成田空港に行けばインドかどこかに行けると気がつく。毎回、そのときはじめてそうだと閃く。荷物はまったくないか、または小さなリュックが一つあるだけ。一泊二日だけでも海外に行けることにぼくはわくわくしている。わくわくしているうちに、目が覚める。食事の夢や性の夢は見ない。ぼくはたぶん生きることへの執念というやつが薄い。

かつての花街、三業通りを歩いた。無駄に割烹で食事をして、駅前でジャズバンドの演奏を聴く。リクエストを訊かれ、「暗流（アンダーカレント）」で好きになった「ロメイン」を頼んだができないという。まあそうか。ほかにないかと言うので、あたりさわりないスタンダードナンバーをいくつか頼む。

吉野家のポスターに「うまい、やすい、はやい」とあるのを見る。

品質（Quality）、コスト（Cost）、納期（Delivery）だ。食欲が失せる。

ブラジルの国旗を掲げているライブバーを見つけ、入ってみる。客は自分一人で、ソファの合皮は破れている。さびれた雰囲気が気に入り、長居する。本当は、この店に入ったのはもっと前のことだ。でも、記憶のなかでは無為に夜を徘徊していたこの時期に入ったことになっている。だからぼくにとってはこれが正しい。

通販の八千円のバイオリンを買う。

2008.5.27 Tue 23:20-

Tくんに送るメールの文面で悩む。遅刻が多くて社長に目をつけられていたけれど、愛嬌があり、ぼくはずっと目をかけていた。それが、ぼくの出張のタイミングを狙って馘首(くび)になってしまったのだ。当たり前だが送別会もない。

前に社長が言っていた、訴えられない解雇のしかた。

まず注意をして、相手が従わないのを待つ。のちに、それを理由に辞めさせる。たぶんTくんは遅刻を注意されたのだろう。でもそもそもの原因は、ぼくがどうせ自分が必要だろうと居直り、毎日のびのびと遅刻をしていることなのだ。

ほか、Hさんよりメッセージ。

新しいプロジェクトは、外部の役員が口を出してきて面倒なことになったとか。ぼくの人月単価はいくらかと言う。正直に答える。やりとりが止まる。

2008.5.28 Wed 21:20-

帰り道、看板のない風俗や安い居酒屋の並ぶあたりで、警官らがビニールシートを手に神妙な顔をしていた。人だかりがある。また何か事件かとコンビニ袋を手に近寄ると、ちょうど、パトカーから伸びたライトが空を這い、刹那こちらを照らし、消えた。蝶が飛んだ。いや、時間的には蛾か。桜並木に向けて、警官らは網のついた棒のようなものを伸ばしている。見れば、木の上に何かふさふさした生きものがいる。見物人が声をあげる。

「こっち向いた！」

「ラスカルだ！　かわいいねえ」

警官らは広げたビニールシートとともに右へ左へ移動し、網を伸ばしてあちらをつつき、こちらをつつき、しかし生きものは枝から枝へ逃げていく。消防が来る。季節外れのクリスマスの装飾が新たなライトに照らされて、反射し、拡散し、なんとも言えない光に満ちた景色を作り出す。風俗店の客引きが二人、商売をほったらかして煙草に火をつけて談笑しはじめる。いったいなんの商売をしてるのか、ビルのベランダから水着姿の女の子が顔を出す。

水着姿はほかに二人いる。見物に出てきた韓国人の若い女の子だ。韓国語で何事か話していたのが、急に日本語で、「あれ、なんだっけ」「熊」「そう、熊」などと言う。「熊？」と通りかかった学生がぎょっとし、「熊？」「熊がいるのか？」と噂が広がりかけるが、消防が動き出したあたりでそれもやむ。

2008.5.29 Thu 23:15-
雨。近所のデイリーストアに、「コーランの落としものがあります」との貼り紙。

2008.5.30 Fri 21:14-

タイムカードを押してから、しばらくYくんと会社の外で話した。

「ずっと気になってたんだよね、あの向かいのベランダの物干し」

「なんです?」

「右側のほうが、左側より二十センチくらい低い。寄っちゃうでしょ、洗濯物が」

なぜかわからないけれど二人して笑い出してしまった。少し涙が出た。別れぎわ、Yくんがこんなことを言った。

「動きつづけましょう。立ち止まったそのとき、ゼンマイが切れる」

近々結婚するというYくんは、けれども愁いを帯びている。

2008.5.31 Sat 17:09-

雨。南口から歩いたところにある小料理屋でHさんと会うことになった。はじめて会うHさんは細身で、細い楕円の眼鏡をかけていて、うっすらと髭を生やしていた。髭は月曜にだけ剃るようにしているという。最近は、英会話を習いはじめたとか。

職場の愚痴を聞く約束が、ほとんど技術の話に終始した。Hさんはピア・トゥ・ピアのソーシャルネットワーキングサービスを作りたいのだという。少し考え、それは確かに夢があると答えた。

Hさんが早口に専門用語や豆知識や思いつきを並べ、こちらも早口でそれに答える。社長あたりは技術者の悪い癖だと言いそうだ。でもこの話しかたは、嚙みあいさえすれば質や飛距離がだいぶ変わる。だからぼくは心地よかったし、Hさんもそうであったと思う。

一度、Hさんが話を止め、

「いま、とてもおいしいものを口に入れたのですがなんですか」

と訊ねてきた、そのときの表情がとても印象に残る。

帰宅後、例のタオルを洗濯する。伯母からマグナムドライのケースの差し入れ。届いたバイオリンの弓に松脂を塗ろうとするが、松脂が固くてちっとも塗れない。

2008.6.1 Sun 19:14-

サンゲイザー、という言葉がふと浮かぶ。演奏中に大量のエフェクターを操作するシューゲイザーの視線の先にあるのは靴だ。そうでなく太陽を見る。そのかわり地下にいる。

昔の友人たちと食事をした。近ごろの題名は「まぶらほ」だの「まほらば」だのと、わけがわからずけしからんと一人が言う。「ラブひな」という題は先見的であったと一人が言う。しばし考え、「ドカベン」と反例を挙げる。「のらくろ」と別の一人が重ねる。

なまじ人間扱いされるからよくない、とふと思う。人間扱いされたい。置いていかれたくない。差別されたくない。そういう気持ちが薄らいでいくのとともに、しょっちゅう腹を壊すようになった。いま地面に自分の影はあるか。

2008.6.2 Mon 23:11-

Yくんが腐っていたので、スタジオで適当に音でも鳴らそうと誘う。Yくんがギターを、ぼくが受付で借りたシンセを持って適当にあわせる。受付のお兄さんが勝手に入ってきてドラムを叩いて出て行く。途中、お米屋さんに買い出しに行こうと話し、近くのデイリーストアに行く。スタジオ近くのデイリーストアは、周辺の地域でお米屋さんと呼ばれていて、響きがかわいらしいせいかなんなのか、ぼくらもそれを真似ていた。由来はわからない。たぶんコンビニになる前が米屋だったのだろうと思う。解散後、ゆで太郎。雨。

2008.6.3 Tue 23:14-

Hさんのブログが全部消える。SNSのアカウントも消え、メッセージが送れない。愕然としてしまったが、ウェブから人が消えるときはこんなものだ。Sより電話。

「あのさ。デリック・メイって知ってる？」

「それはテクノの神様の名前だ」

「あー。ごめん、寝ちゃった」

「マジで？」

「前、パトロンにハプバーにつれてかれたときは、本当、やだったんだけどさ」

「それは陵辱と言うんだ」

「そのとき知り合ったSM女王がね、デリック・メイが日本で3Pの相手探してるって」

「うーん。切っていい？」

「え、あ、ごめん……」

消え入りそうな声に胸が痛む。悪いのはたぶんデリック・メイじゃないかなって思う。

2008.6.4 Wed 21:14-

短歌を作る。小説を書く時間がないので、歌人集団の「かばんの会」に入会したのだった。ときおり歌を送るものの、特に反響はない。反響はなくていい。あっても気持ちが悪い。この会のおかげで、ぎりぎりのところで作り手でいられる気がする。この日の歌は、以下の通り。

「ぼくのつるつるの心象風景には厚さ一ミリの塩が積もっている」

Sの母から電話があった。ぼくの母にもなるかもしれなかった人だ。挨拶もそこそこに、母になるかもしれなかった人が、こんなことを言った。

「あなたにはギブアップする権利があります」

ちょっとびっくりしてしまった。惚れ惚れするほどに冷静だ。ただこの冷静さと、Sが心の奥底で欲していた、そして得られなかった何かは関係しているかもしれない。

2008.6.5 Thu 13:02-

板橋の実家に用事があって午後休。寄ったついでに、その近くの公園をぐるりと一周した。噴水は止まっているが、かわりに緑は前よりも深い。

野球をやる集団をレフト側から金網越しに眺めた。

カラコルム山脈の氷河の村で、何をするでもなくクリケットの試合を眺めたことが思い出された。

そのときはMさんという日本人と一緒にいた。通り過ぎる村人に彼は手をあわせ、ぼくは右手を胸にあてた。「手をあわせれば、世界中まずどこでも間違いはないよ」とMさんは言った。本当のところ、その地域では手を胸にあてる習慣らしいことを本で知っていた。でも、Mさんから感じた叡智のようなものを知識で上書きしたくなくて黙した。

ぼくは自分の言葉に、何かを損なわせる力があると感じている。

野球を眺めるのは心地よかった。長らく宙吊りだった意識が、少し地に足をつけたようなそんな感じがする。球技がいいのは、たぶん、人の意識が球という人間以外のものに向くからだろう。それにしても、野球を見てこんなことを考えることになるとは。わがことながら、感受性が後退してきている。

ぼくのなかに横たわる氷河は、どこへ溶け出したのか。
止まった噴水に坐り、存在しない水場に足をつけた。父子が手をつないで歩いている。

宮内悠介（みやうち・ゆうすけ）

1979年東京都生まれ。早稲田大学第一文学部卒業。2010年に「盤上の夜」で第1回創元SF短編賞選考委員特別賞（山田正紀賞）を受賞。2012年に連作短編集『盤上の夜』として刊行しデビュー、同作で第33回日本SF大賞を受賞。2014年に『ヨハネスブルグの天使たち』で第34回日本SF大賞特別賞、2017年に『彼女がエスパーだったころ』で第38回吉川英治文学新人賞、『カブールの園』で第30回三島由紀夫賞、2018年に『あとは野となれ大和撫子』で第49回星雲賞（日本長編部門）、2020年に『遠い他国でひょんと死ぬるや』で第70回芸術選奨文部科学大臣新人賞、2024年に短編「ディオニソス計画」で第77回日本推理作家協会賞（短編部門）、『ラウリ・クースクを探して』で第11回高校生直木賞を受賞。著書に『国歌を作った男』『暗号の子』など多数。

初出

「群像」2024年3月号～2025年2月号
（書籍化にあたり「デビュー前の日記たち」を改題）
「まとめのようなもの」は書き下ろしです。
「暗流（アンダーカレント）」「文學界」2022年11月号

作家（さっか）の黒歴史（くろれきし）

デビュー前（まえ）の日記（にっき）たち

2025年3月25日　第1刷発行

著者　宮内悠介（みやうちゆうすけ）
発行者　篠木和久
発行所　株式会社講談社
〒112-8001
東京都文京区音羽2-12-21
電話　出版　03-5395-3504
販売　03-5395-5817
業務　03-5395-3615
印刷所　TOPPAN株式会社
製本所　株式会社国宝社

KODANSHA

Printed in Japan　ISBN978-4-06-538854-9
N.D.C. 914　239p　19cm